Kristina Kindt

Orkney
Tide

Das Lied der Wellen

Bibliografische Information der Deutschen
Nationalbibliothek:
Die Deutsche Nationalbibliothek verzeichnet diese
Publikation in der Deutschen Nationalbibliografie;
detaillierte
bibliografische Daten sind im Internet über
dnb.dnb.de abrufbar.

Impressum

© Kristina Kindt 2025

Verlag:
BoD · Books on Demand GmbH,
Überseering 33, 22297 Hamburg,
bod@bod.de
Druck:
Libri Plureos GmbH,
Friedensallee 273, 22763 Hamburg

ISBN: 978-3-7693-7734-7

Korrektorat: L. G. Werner
Covergestaltung: Michael Gückel
(Das Bildmaterial wurde teilweise mit Hilfe von KI-Tools
generiert.)

1

Mariella spürte ein fieses Ziehen in der Seite. *Das konnte doch wohl nicht wahr sein, Seitenstechen!* Seit dem Sportunterricht in der Schule hatte sie das nicht mehr gehabt. Sie ignorierte den spitzen Schmerz und sprang die letzten Stufen hinauf in die dritte Etage der Werbeagentur. Es war nicht mehr weit: Nur noch durch den Gang und ins Besprechungszimmer!

Vielleicht waren die anderen ja noch gar nicht da? Es war eine schwache Hoffnung.

„Mariella! Wo bleiben die Reports? Die KPI-Prognosen stimmen nicht!" Das war Eggers Stimme, der Kerl klang immer so wütend. *Konnte er etwa riechen, dass sie gerade in die Agentur gekommen war?* Schon steckte er seinen hochroten Kopf aus dem Büro. Die Schweißperlen auf seiner Stirn glitzerten.

„Florian, ich kann jetzt nicht! Hab ein Meeting!"

So schnell es ging, hetzte Mariella weiter den Flur entlang. Sie war mindestens zehn Minuten zu spät. *Verdammt!* Das Jour-fix hatte sicher längst angefangen, Jerome würde sie in der Luft zerreißen. Wo war ihr Tablet mit der Präsentation? Oh, nein! Das war der Super-GAU, das musste noch zu Hause liegen. Sie merkte, wie ihr Deo versagte, so sehr schwitzte sie.

Oder hatte sie in der Eile gar keines benutzt? *Wieso war es so verflucht heiß hier? Etwas schien ihr die Luft abzudrücken.*

„Mariella, was soll ich dem Kunden sagen? Er wartet auf die Marketingstrategie!", schallte es aus dem Büro zur Linken.

Oh, nein. Jetzt auch noch Elena. Konnte die denn gar nichts alleine?

„Ich komm später zu dir! Muss weiter", rief sie atemlos.

Prompt stolperte sie. Der Inhalt des Kaffeebechers ergoss sich quer über ihre Brust. Sie konnte sich nicht erinnern, dass sie einen mitgenommen hatte. Und der Kaffee war eiskalt.

„Fuck!", rief sie. Es hallte durch den Flur wie durch eine menschenleere Kathedrale. Die Hitze war weg, auf einmal fröstelte sie. *Was war hier los?*

Sie rappelte sich auf und lief weiter. Der Flur zog sich auf einmal endlos lange hin. Der Besprechungsraum schien kilometerweit weg. Und doch hörte sie Jeromes Stimme, als stünde er neben ihr. „Mariella, wo steckst du schon wieder? Wir haben hier ein ernsthaftes Conversion-Problem!"

Das wusste sie doch. Und wie sie das wusste! Sie hatte nur keinen blassen Schimmer, wie sie es beheben sollte.

Endlich erreichte sie den Konferenzraum. Sie blieb vor der geschlossenen Tür stehen, legte die Hand an die Klinke und verharrte. Sie sah an sich herunter. Da war immer noch der riesige Kaffeefleck auf ihrer Bluse. *Wie sollte sie so ins Meeting gehen?*

Dann hörte sie von drinnen das spitze Lachen von Valentina. Es war mehr ein schrilles Kichern, das einem durch Mark und Bein fuhr. Die alte Ziege lachte sie aus, das wusste sie. Jetzt würde sie ihr ...

„Sie kommt bestimmt nicht mehr, lass uns endlich anfangen", sagte Valentina drinnen.

Mariella öffnete die Tür zum Besprechungsraum mit einem Ruck.

Valentina fiel gerade über Jerome her, sie küssten sich innig und räkelten sich auf dem großen Besprechungstisch.

„Oh, das tut mir leid", sagte Valentina unschuldig. „Wir haben lange auf dich gewartet, aber wie es aussieht, bist du zu spät."

Mariella war zu perplex, um irgendetwas sagen zu können. *Was trieben die hier? Und wo waren die anderen?* Das sollte doch ein Teammeeting werden.

„Wir müssen uns verschlanken", sagte Jerome plötzlich. Seine Stimme klang hart und kalt. „Aber du kommst schon irgendwo unter."

„Was soll das heißen?", wollte Mariella rufen, doch aus ihrem Mund kam kein Mucks mehr. Alles um sie herum begann sich zu drehen, ihr war, als würde sämtliches Blut aus dem Kopf absacken. Der Boden fühlte sich an wie geschmolzenes Gummi, während in ihren Gedanken ein Orkan aus Konfetti losbrach.

***

Mariella schreckte hoch. Ihr Atem ging schnell und hektisch. Es war ein Albtraum gewesen – schon wieder! Mühsam versuchte sie, die Benommenheit abzuschütteln. Der Bus, in welchem sie seit Stunden saß, schaukelte langsam hin und her, während draußen die Sonne aufging. Hinter dem Fenster zu ihrer Linken zog die Hügellandschaft der schottischen Highlands vorbei. Jetzt im Herbst changierte alles in warmen Orange- und Rottönen. Der Anblick war magisch! Und er beruhigte Mariella etwas. Sie könnte seelenruhig diese Idylle genießen. Wenn nur nicht diese Albträume wären.

„Hast du nicht gut geschlafen, Kindchen?"

Mariella wandte sich von der Landschaft ab und drehte den Kopf nach rechts. Die ältere Dame, die schon seit Beginn der Busfahrt gestern Abend neben ihr saß, sah sie freundlich an. Doch ihre wachen grauen Augen verrieten, dass sie sich ein wenig um sie sorgte. „Du hast geträumt und im Schlaf gesprochen, weißt du?", sagte die Frau.

Mariella setzte ein verlegenes Lächeln auf. „Ach, das ist nichts. Nur so ein lästiger Traum, der mich verfolgt. Was habe ich denn gesagt?"

„Klang für mich nach wirrem, neumodischem Kram. Ich hab nur Valentina und Jerome verstanden. Und du hast etwas über Keywords gemurmelt oder wie das heißt."

„Tja, nun ... es ist nur dummes Zeug. Tut mir leid, wenn ich Sie damit gestört habe."

„Ach was, Kindchen! Alles in Ordnung. Ich bin übrigens Ailis."

„Ich bin Mariella. Freut mich." Sie hoffte, dass Ailis nun aufhören würde, sie Kindchen zu nennen. Immerhin war sie 29 Jahre alt. Mariella deutete nach draußen. „Wo sind wir jetzt?", fragte sie und wechselte damit das Thema. Sie hatte keine Lust, noch weiter über den Traum zu sprechen.

„Als Nächstes kommt Inverness. Das ist die letzte größere Stadt, in der wir halten, bevor es endgültig in den entlegenen Norden geht."

Mariella nickte und sah nach vorne. Die Uhr über der Frontscheibe zeigte 7:15 Uhr am Morgen. Dann kramte sie in ihrer Tasche nach der Fahrkarte. „Also sind wir pünktlich um 9:10 in Thurso, nehme ich an", murmelte sie, mehr zu sich als zu ihrer Nachbarin.

„Du willst auf die Orkney-Inseln?", fragte Ailis.

„Ja, woher wissen Sie das?"

„Nun, man fährt nur nach Thurso, wenn man mit der Fähre übersetzen will. Oder weil man da wohnt und einen alten Grantler zu versorgen hat. So wie ich." Sie lachte herzlich.

„Ich bin wohl leicht zu durchschauen, was?"

„Ja, und nein. Es war leicht, zu erraten, wo du hinwillst. Aber es ist mir ein Rätsel, wieso. Selbst in der Hochsaison im Sommer kommen nicht sehr viele Touristen. Aber jetzt im Herbst ... nun, da sind die Leute da eigentlich unter sich."

Mariella schwieg einen Moment. *Ja, was wollte sie dort oben?* Das war eine sehr gute Frage. Sie wünschte sich, sie hätte nur eine halb so gute Antwort. Schließlich antwortete sie: „Ich ... meine Großmutter stammt von dort. Sie ist vor einem halben

Jahr gestorben und wie es aussieht, habe ich ihr Haus geerbt."

„Interessant. Darauf wäre ich wirklich nicht gekommen. Ich hoffe, das Klima dort oben bekommt dir", sagte die ältere Dame. Dann erhob sie sich von ihrem Sitz. „Du entschuldigst mich? Das Geschaukel schlägt mir auf die Blase."

„Sicher, klar." Mariella sah nun wieder aus dem Fenster. Sie musste zugeben, dass sie nicht die leiseste Ahnung hatte, was sie dort oben erwarte. Weder in Sachen Klima, noch sonst irgendwie. Sie war Hals über Kopf aufgebrochen. Hatte das Nötigste in einen Koffer geworfen und war in den Zug gestiegen. Von Berlin nach London, dann weiter nach Glasgow und ab da mit dem Bus in den Norden.

Was für ein Höllentrip!

36 Stunden war sie schon unterwegs. Ihr Nacken schmerzte vom Schlafen in den unbequemen Sitzen und sie konnte gar nicht in Worte fassen, wie sehr sie sich nach einer heißen Dusche sehnte.

Es wäre wahrlich einfacher und schneller gegangen. Aber in ihrem aufgewühlten Zustand ein Flugzeug zu besteigen, war einfach nicht in Frage gekommen. Von der furchtbaren Flugangst, die sie plagte, ganz zu schweigen.

Jetzt kam das Ziel ihrer Reise endlich näher und sie wünschte sich einfach nur noch Ruhe. Davon müsste es dort oben auf den abgelegenen Orkney-Inseln eigentlich mehr als genug geben, vor allem, wenn – wie Ailis gesagt hatte – sich nicht einmal Touristen dorthin verirrten.

Von Thurso nach Stromness waren es noch zweieinhalb Stunden mit der Fähre und dann müsste sie irgendwie mit dem Taxi weiter. Sofern es sowas auf den Inseln überhaupt gab. Sie kramte einen großen braunen Briefumschlag aus der Tasche und entnahm einige Dokumente sowie einen Schlüssel. Sie starrte auf den Namen des Ortes, zu dem sie unterwegs war: Dunnwick. Das Kaff war noch viel weiter am Allerwertesten der Welt, als sie sich das jemals vorgestellt hatte. Aber das war gut so. Hauptsache, es war so weit von Berlin entfernt, wie möglich. Niemals würde sie dahin zurückgehen! Und wenn Sie hier oben bis ans Lebensende Schafe züchten müsste.

Ailis kam zurück und setzte sich neben sie. „Na, geht's besser?"

„Ja, mir geht's gut, Danke. Noch ne Tasse Kaffee und die Welt wäre perfekt. Darf ich Sie noch etwas anderes fragen: Gibt es auf Orkney eigentlich Taxis?"

Ailis lachte laut und warmherzig. „Ach Kindchen! Das sind die Orkney-Inseln, nicht die Antarktis."

2

Das Cottage musste weit über hundert Jahre alt sein. Mariella konnte sich gut vorstellen, wie es mit seinen dicken grauen Steinmauern schon seit Ewigkeiten Wind und Wetter trotzte. Die Fassade an der Front war größtenteils mit dunkelgrünem Efeu bewachsen, die kleinen weißen Holzfenster darin strahlten wie Augen und blickten hinaus auf einen wild romantischen Garten mit Obststräuchern und niedrigen Bäumen, die ihre gelben und roten Blätter allmählich über das saftige grüne Gras verteilten. Nach allem, was sie bisher von der Inselgruppe gesehen hatte, waren Bäume hier oben etwas Exotisches. Das nordische Klima und der Wind sorgten dafür, dass sich die Pflanzen in der Regel kaum mehr als ein bis zwei Meter in die Höhe wagten. Doch hier in der windgeschützten Bucht, in der Dunnwick lag, schien das Wetter etwas weniger rau. Nun, Mitte September hatte es um die 13 Grad bei Sonnenschein – das ließ sich auf jeden Fall aushalten.

Neben dem Haus stand eine knallrot gestrichene Holzbank, von der aus man einen fabelhaften Blick auf das Meer hatte. Daneben an einem Ast baumelte ein silbernes Windspiel sanft in der Brise. Noch eines der liebevollen Details, die den ganzen Garten prägten.

Und dieses Kleinod sollte nun ihr gehören? Wieso hatte sie sich so lange gesträubt, hierher zu kommen?

Mariella wusste die Antwort natürlich. Sie war viel zu gestresst und auf Karriere getrimmt gewesen. Nie hätte sie sich vorstellen können, ihren Job einfach hinzuschmeißen und zu verschwinden. Doch wenn sie früher gewusst hätte, wie zauberhaft es hier oben war, wer weiß ...

Auf einmal spürte sie eine tiefe Zufriedenheit, wie sie so dastand mit ihrem Koffer an der Seite, dem Rucksack über die Schulter geworfen und mit dem großen silbernen Schlüssel in der Hand. Wie es wohl drinnen aussehen mochte? Gab es einen rustikalen Holzofen? Alte Kanapees und Ohrensessel? Eine große freistehende Badewanne, in die sie sich legen konnte? Waren die ganzen Sachen ihrer Großmutter noch hier? Sie wünschte sich auf einmal, sie hätte sie gekannt. Aber dazu war es nie gekommen. Weil ihr Vater, der alte Sturkopf, damals alle Brücken abgebrochen hatte und nie mehr nach Schottland zurückgekehrt war. Sie wusste bis heute nicht, warum.

Mariella verscheuchte die finsteren Gedanken und sog die frische, würzige Luft ein. Dann ging sie auf das Haus zu und steckte den Schlüssel ins Schloss. Sie versuchte, ihn zu drehen, aber er rührte sich keinen Millimeter. Sie versuchte es noch einmal, zog an der Tür, drückte dagegen, pochte mit der Faust ans Holz. Dann hielt sie inne. *War das doch das falsche Haus?*

Was, wenn gleich jemand heraus stürmte, weil er dachte, sie wolle einbrechen?

Sie trat langsam ein paar Schritte zurück und sah hoch zu den Fenstern im ersten Stock. Nichts regte sich. Dann lief sie zum Gartentor und las das handgemalte Schild noch einmal. „Eleanor Mcmillan" stand dort. Das war ihre Großmutter väterlicherseits. Und das war die Adresse, die ihr der Nachlassverwalter vor einem knappen halben Jahr geschickt hatte. Nur der Schlüssel passte nicht.

Mariella sah vom Schild auf und wieder zum Haus hinüber. Ihr war, als huschte ein Schatten vom Fenster neben der Tür weg und verschwand weiter hinten im Raum.

War da jemand im Haus? Was ging hier vor? Wer war das? Selbst wenn, warum machte man ihr nicht auf? Wer immer dort drinnen war, müsste sie doch gesehen haben.

Mariella ging zögernd vorwärts und behielt die Fenster im Blick. Sie umrundete das Haus einmal komplett und spähte durch alle Scheiben. Niemand war zu sehen.

Womöglich war er nach oben gegangen? Oder hatte sie sich das alles eingebildet?

Es würde schon nicht der Geist ihrer verstorbenen Großmutter gewesen sein, der ihr hier Streiche spielte. Sie war sicher übermüdet nach der langen Reise. Wahrscheinlich gab es dort niemanden und nur das Schloss war eingerostet. Sie würde später unten im Dorf um Hilfe bitten.

Mariella versuchte es ein letztes Mal an der Tür,

dann gab sie auf und setzte sich auf die rote Bank. Sie sah zwischen den Bäumen hindurch hinaus aufs Meer und genoss die wärmenden Strahlen der Sonne an diesem Nachmittag. Etwas weiter draußen tuckerten einige kleine Boote herum, vermutlich Fischer. Weiter hinten zogen dunkle Wolken auf.

Mariella sah sie wohl, beschloss aber, es vorerst zu ignorieren und den Moment nicht mit düsteren Vorhersagen zu ruinieren. Jemand hatte hier eine Schneise in die Bäume geschnitten, damit man einen perfekten Blick auf die malerische Küste hatte. Es mussten sogar kürzlich einige Äste entfernt worden sein, die hellen Schnittkanten waren immer noch zu erkennen. Doch wer konnte das gewesen sein?

„Das ist mein Platz", hörte Mariella eine Stimme von hinten. Rasch drehte sie sich um.

Eines der Fenster war nun geöffnet worden. Ein junger Mann mit Wuschelkopf stützte sich mit auf den Unterarmen auf den Fensterrahmen. Er sah sie durchdringend mit seinen smaragdgrünen Augen an. Dieser Blick hatte etwas Geheimnisvolles, das sie stutzen ließ.

„Ich ...", setzte Mariella unbeholfen an und brach sofort wieder ab. Nach einem Moment besann sie sich. Was fiel dem Kerl eigentlich ein?

„Das ist mein Haus!", sagte sie patzig. „Und meine Bank!"

„Ah, ja. So ist das also", erwiderte der Mann ruhig und legte den Kopf schief. Bevor Mariella reagieren konnte, schloss er das Fenster wieder und verschwand im Haus.

„Hey, Moment!", protestierte Mariella und stand auf. „Kommen Sie da gefälligst raus."

Doch im Inneren rührte sich nichts mehr.

***

Es begann zu Tröpfeln und der Wind frischte merklich auf. Von der warmen Herbstsonne fehlte nun jede Spur. Ebenso vom dreisten Hausbesetzer. Mariella hatte an jedes Fenster geklopft und ein Dutzend Mal hineingerufen. Aber stets wurde sie mit Schweigen gestraft.

Was sollte sie jetzt machen? Die Polizei rufen und den Kerl verhaften lassen? Wie aussichtsreich war das?

Aus dem Rucksack zog Mariella ihr Handy, das seit zwei Tagen abgeschaltet war. Sollte sie es einschalten, um ein Taxi zu bestellen? Nein, sie hatte es aus gutem Grund abgestellt! Und das würde es bleiben, bis sie endlich Klarheit in ihrem Leben hatte. Sie stopfte es zurück in den Rucksack und zog den Reißverschluss zu.

Das Tröpfeln ging derweil in veritablen Regen über. Sie drehte sich noch einmal zum Haus um, hob drohend die Faust und rief: „Ich komme wieder!"

Es klang nicht gerade nach Arnold Schwarzenegger, aber sie meinte es durchaus ernst. Dann schnappte sie sich ihren Rollkoffer und zog ihn durch das Gartentor auf die Straße. Bis hinunter ins Dorf waren es gut zwei Kilometer. Keine Chance, dass sie nicht komplett durchnässt wäre, bevor sie es erreichte. Ihre erste Dusche auf der Insel hatte sie sich wahrlich anders vorgestellt.

***

Mariella hetzte durch den strömenden Regen auf das große Gebäude in der Dorfmitte zu. Auf dem Messingschild über der Tür stand groß „The Orchid - Pub & Gästezimmer". Sie warf sich gegen die dunkelgrüne, massiv aussehende Tür und war erschrocken, dass sie beinahe federleicht aufschwang. Doch die Erkenntnis kam zu spät, ihr Gleichgewicht war dahin. Sie rutsche mit den nassen Händen ab und schlug der Länge hin. Da lag sie nun im Gastraum auf den Boden und hinterließ sofort eine triefende Pfütze.

„Oh, fuck", stöhnte sie und griff sich an den Kopf. Dann blickte sie auf in Richtung Tresen und bemerkte, dass sie der Barkeeper seelenruhig ansah und dabei seine Gläser polierte. Neben dem geschätzt Mitte 60-Jährigen saß auf der Theke ein kleiner rotbrauner Mischlingshund und trank aus einem Bierglas eine Flüssigkeit, die verdächtig nach Schwarzbier aussah. Mariella war so irritiert vom Anblick, dass sie erst einmal kein Wort herausbrachte.

Der Wirt zuckte schließlich mit den Schultern und sagte: „Das ist wohl ein Fall für meinen berühmten Irish Coffee". Dann drehte er sich ohne weiteren Kommentar zur Kaffeemaschine hinter sich um.

„Ich ...", setzte Mariella an und verstummte sogleich wieder. Sie stand auf, zog ihren Koffer zu sich und sah sich im Gastraum um. Der Pub war fast leer und so hatte ihre Slapstick-Nummer glücklicherweise vor wenig Publikum stattgefunden. Nur an einem der Tisch saß ein graubärtiger Mann im Tweed-Jackett. Er lächelte Mariella verschmitzt an. Sie wusste nicht so recht zu deuten, ob er sich über sie amüsierte oder es als Aufmunterung meinte.

„So, der Kaffee ist schon fertig!", sagte der Wirt und Mariella wandte sich wieder der Theke zu.

„Ich brauche ein Zimmer", sagte sie zögerlich.

„Hab ich mir schon gedacht", erwiderte der Wirt und deutete auf ihren Koffer, der patschnass neben Mariella stand. „Keine Sorge, bei Patrick O'Leary bist du genau richtig. Aber jetzt trink das erstmal, der wärmt von innen."

Mariella setzte sich an die Bar und nahm die dampfende Tasse entgegen. Sie roch schon aus der Entfernung, dass der sogenannte Kaffee wohl mindestens zur Hälfte aus Whiskey bestehen musste.

„Danke", sagte sie und nahm einen großen Schluck. Die wohlige Wärme glitt ihre Kehle hinab und in ihren Bauch. Es fühlte sich wunderbar an. „Mann, der hat Wumms", sagte sie und hob die Tasse.

„Spezialrezept aus der alten Heimat", sagte der Wirt und zwinkerte ihr zu. „Du hast Glück. Alle Zimmer sind frei. Ich geb' dir Nummer 3. Das hat den besten Blick aufs Meer. Wobei das bei dem Wetter auch ziemlich egal ist."

Mariella überlegte kurz, ob sie den Mann fragen sollte, ob er etwas über den Kerl in dem Haus ihrer Großmutter wusste, entschied dann aber, dass das auch bis morgen Zeit hätte. Heute hatte es sowieso keinen Sinn mehr, irgendetwas unternehmen zu wollen. „Meerblick klingt wunderbar, aber eigentlich ist mir gerade alles Recht. Nach diesem komischen Tag will ich nur noch duschen und schlafen. Und vielleicht noch eine Tasse von deinem teuflischen Kaffee." Sie trank die Tasse leer und stellte sie auf den Tresen.

Der Wirt nickte anerkennend. „Ich sehe schon. Die nasse Fremde hat Geschmack!"

3

Der Morgen brachte strahlenden Sonnenschein von Osten und eine sanfte Brise von Westen. Es war noch kühl, als Mariella um kurz nach 8 Uhr aus dem Pub trat, doch schon jetzt versprach es ein herrlicher Herbsttag auf den Orkneys zu werden. Und ein Tag der Erkenntnisse hoffentlich. Sie ging die Hauptstraße entlang auf der Suche nach der Praxis des Dorfarztes.

„Rede mit Doc Howl, der kennt den Kerl am besten", hatte Patrick O'Leary beim Frühstück geraten, nachdem sie ihm von der seltsamen Begegnung am Haus ihrer Großmutter berichtet hatte. Der Doc habe Eleanor und die Familie gut gekannt, hatte der Wirt erklärt. Mehr wollte er zu der Sache nicht sagen und hatte sich auch darüber ausgeschwiegen, wer der Mann war, der nun im Haus wohnte.

Mariella bog nach rechts in die St.-Paul-Street ab und steuerte auf die kleine Dorfkirche zu. Ein eher zweckmäßiger Bau, kein architektonisches Glanzstück und zudem etwas in die Jahre gekommen. Wie viele Mitglieder mochte die Gemeinde haben? Oder das ganze Dorf? Es konnten kaum mehr als 150 sein, wenn man die Zahl der Häuser bedachte.

Direkt gegenüber der Kirche lag die Praxis von Dr. Francis Howl, den sie nun besuchen wollte.

Mariella stieg die drei Stufen zum Eingang hinauf und drückte zunächst sanft gegen die dicke Holztür. Sie wollte nicht wieder mit der Tür ins Haus fallen, so wie gestern Abend.

Sie war zu dem Zeitpunkt viel zu überrascht und verwirrt gewesen, um ihren Auftritt wirklich peinlich zu finden, aber das war er sicher gewesen. Diese Tür ging auch bedeutend langsamer auf. Sie drückte fester und der schwere Flügel schwang nach innen.

Am Ende des Flures fand sie den Eingang zur Praxis. Die Tür dazu stand offen und sie trat direkt ins Vorzimmer.

Hinter einem Tresen saß eine Frau Anfang 30 und sortierte Dokumente in Ablagefächer. Auf ihren weißen Kittel war in geschwungenen orangefarbenen Buchstaben der Name „Linda" gestickt. Als sie Mariella bemerkte, sah sie auf und schenkte ihr ein Lächeln. „Ah, die nasse Fremde", sagte sie schelmisch.

Mariella war kurz verdutzt. Natürlich hatte sich ihr Auftritt in diesem Nest sofort herumgesprochen. Sie beschloss, nicht weiter darauf einzugehen. „Guten Morgen", sagte sie einfach und schob dann nach: „Ist Dr. Howl da? Ich möchte ihn gern sprechen."

„Sicher. Sie können gleich rein gehen. Sein erster Termin ist erst in 45 Minuten." Die Frau zeigte mit der rechten Hand auf eine Tür neben sich.

„Danke", sagte Mariella und ging an Linda vorbei zur Tür. Sie klopfte an und wartete.

Eine sonore Männerstimme drang heraus. „Nur herein!"

Mariella öffnete die Tür und betrat das Sprechzimmer.

Hinter einem dunklen Holzschreibtisch, der mit allerhand Schnitzereien an der Vorderseite versehen war, saß der Mann, den sie gestern schon im Pub gesehen hatte: ein älterer Herr, zwischen 60 und 70 Jahre alt, mit grauem Bart und halblangen ebenso grauen Haaren. Seine Augen blitzten amüsiert auf, als er Mariella erkannte. „So schnell sieht man sich wieder", sagte er. Seine Stimme klang durch und durch warm und herzlich.

Mariella hatte nicht den leisesten Verdacht, dass dieser Mann sich über sie lustig machen wollte. Er schien ihr eher wie ein Typ, der das Leben so nahm, wie es eben kam und allem die nötige Portion Humor entgegenbrachte.

„Setzen Sie sich doch", sagte Dr. Howl und deutete auf den Stuhl vor dem Schreibtisch. „Ich hoffe doch, dass Sie sich bei dem Wetter gestern nicht ernsthaft erkältet haben und mich deshalb aufsuchen. Also, wie kann ich Ihnen helfen?"

Mariella nahm Platz. „Patrick O'Leary hat mich zu Ihnen geschickt. Er meinte, sie kannten meine Großmutter recht gut. Eleanor Mcmillan."

„Hmmmm", brummte Dr. Howl und nickte dabei träge. „Das ist richtig. Sie sind Eleanors Enkelin? Gavins Tochter?"

„Das muss merkwürdig für sie klingen. Ich war ja noch nie hier. Ich habe Eleanor nicht einmal persönlich gekannt. Aber ich habe vom Nachlassverwalter Bescheid bekommen, dass ich ihr Haus geerbt habe."

„Aha, das ... aber was ist mit Gavin? Lebt er etwa nicht mehr?", wollte Howl wissen.

„Doch. Ich denke schon. Er ist irgendwo in Norwegen verschwunden. Das Erbe hat er ausgeschlagen."

„Und nun sind Sie gekommen, um in dem Haus zu wohnen?"

„Das hatte ich eigentlich vor, ja", antwortete Mariella.

„Tja, na dann wird es jetzt spannend, nehme ich an." Dr. Howl grinste.

„Ja, das kann man wohl sagen", stimmte Mariella zu. „Ich will nicht länger um den heißen Brei herumreden. Sie wissen doch bestimmt, wer dort wohnt? Er wollte mich nicht reinlassen. Nicht mal, als es zu regnen angefangen hat. Das war schon mehr als dreist."

„Ich bin mir sicher, William hat es nicht böse gemeint. Er kannte Sie eben nicht und wollte einfach keine Fremde ins Haus lassen."

„Aber das ..." Mariella stockte. „Das ist doch jetzt mein Haus. Sie zog ihre Tasche hervor, um nach den Dokumenten zu kramen."

„Sicher, ja. Ich habe keinen Grund, daran zu zweifeln. Aber sie sollten dazu wissen, dass William schon länger dort wohnt. Er hat lebenslanges Wohnrecht, so hat es Eleanor verfügt."

„Oh", sagte Mariella. „Ich wusste nichts von einem weiteren Erben. In den Unterlagen stand dazu nichts. Ist er verwandt?"

„Nun ja. In gewisser Weise."

Mariella sah Howl fragend an.

Der fuhr nun fort: „Man müsste ihn wohl Ihren Halbbruder nennen. William ist das uneheliche Kind von Gavin. Er hat sich die letzten Jahre sehr rührend um seine Großmutter gekümmert."

„Ein Bruder?", wiederholte Mariella ungläubig.

„Wird sich alles regeln. Wir gehen nachher gemeinsam hin. In Ordnung? Ich habe um 9 einen kurzen Termin, danach habe ich Zeit. Warum schauen Sie sich nicht ein wenig im Dorf um?"

„Danke, Dr. Howl", sagte Mariella.

„Ich denke, wir brauchen nicht so förmlich zu sein. Ich bin Francis. Oder einfach Doc."

„Sehr gerne. Nenn mich bitte Mariella."

„Wir treffen uns halb zehn vor dem Pub, wenn dir das recht ist."

„Natürlich, ich bin da. Danke nochmals." Sie stand auf und ging in Richtung Tür.

***

Mariella schlenderte auf dem Weg, den sie gekommen war, zurück und durchquerte das Dorf. Knapp hinter dem Ortsausgang bog sie an einem Wegweiser ab, der zum Strand wies. Sie folgte dem von einer niedrigen Steinmauer gesäumten Weg, der zuerst etwas anstieg und jenseits des Hügels hinunter ans Meer führte. Links und rechts des Weges standen Dutzende Kühe auf den Weiden und grasten.

Nach wenigen Minuten fand sie den Strand hinter einer niedrigen Düne. Es war kein Badestrand, wie man ihn aus Urlaubsgebieten kannte. Der Sand war mit Kieseln und groben schroffen Felsen durchsetzt, die angespülten Algen lagen in dicken Knäueln herum. Niemand räumte sie weg. Der Strand war menschenleer. Nur die Möwen schrien gegen den Wind an, der hier an der Küste stärker war als im Dorf hinter der Anhöhe. Auch wenn das hier kaum einen Reiseveranstalter in Verzückung versetzen würde, fand Mariella, dass der Strand von rauer Schönheit war.

Es war ein seltsames Gefühl, hier zu weilen, an einem Ort, der ihr eigentlich völlig fremd war und dennoch in ihrem Innersten etwas auslöste – wie eine unterbewusste Resonanz. Es war fast so, als gehöre sie hierher. Aus irgendeinem Grund verschaffte ihr der Anblick des Meeres die Ruhe, die sie in Berlin niemals finden konnte. Oder bildete sie sich das nur ein? Wollte sie das glauben?

Sie setzte sich auf einen großen Stein und blickte gedankenversunken hinaus aufs Meer, das in flachen Wellen an den Strand spülte und sich dann immer wieder langsam zurückzog.

Ein Gedanke manifestierte sich: Sie hatte einen Bruder. Vorhin in der Praxis von Dr. Howl war diese Information so plötzlich gekommen, dass sie sie gar nicht richtig fassen konnte. Aber nun hallte sie umso stärker nach. Was wusste sie noch alles nicht über ihre Familie? Und wieso hatte sie nie wirklich nachgebohrt?

Sie kannte die Antwort. Sie hatte es versucht, aber es war sinnlos gewesen. Ihr Vater hatte sich beharrlich über die Familie ausgeschwiegen. Sie dachte an den Tag, als er ihr erklärt hatte, dass sie jetzt alt genug sei, um allein klar zu kommen und um ihren Weg zu gehen. Er würde nämlich den seinen gehen. Sie war damals 15 gewesen und hatte zwar verstanden, dass das bedeutete, er würde sich von ihrer Mutter trennen. Aber dass er schon zwei Wochen später das Land verlassen und sich so gut wie nie wieder melden würde, hatte sie nicht für möglich gehalten. Sie war noch drei Jahre bei der Mutter geblieben und dann ausgezogen, um in Berlin zu studieren. Das war es dann endgültig gewesen mit dem Familienleben. Seitdem hatte sie mehr oder weniger als Einzelkämpfer durchs Leben geboxt und sich dabei gut gefühlt – zumindest meist.

Und nun wartete hier am Ende der Welt, wo sie sich eigentlich nur hatte alleine verkriechen wollen, ein Halbbruder auf sie. Das war pure Ironie. Aber vielleicht auch Schicksal. Sie nahm sich vor, bei der anstehenden zweiten Begegnung mit ihm höchst diplomatisch vorzugehen.

4

Mariella und Dr. Howl fanden William im Garten von Eleanors Cottage, wo er gerade dabei war, Brombeeren von einem Strauch zu zupfen.

Er musste das Quietschen des Gartentores eigentlich gehört haben, als Mariella und Howl es geöffnet hatten. Doch er reagierte nicht darauf. Oder er war ganz in seiner Tätigkeit versunken.

Dr. Howl bedeutete Mariella weiter vorne im Garten stehen zu bleiben und trat dann hinter William. Er räusperte sich ein paarmal.

William seufzte, dann stellte er die Schüssel mit den Beeren ab und drehte sich zu Howl um. Er sah ihm direkt in die Augen. Nach einer Sekunde des Schweigens begann er zu sprechen:

„Wolken aus Blei über tosender See.
Ein Leben wie im Spiegel.
Die Sehnsucht erstickt an Monotonie,
die Sinne taumeln.
Mattes Licht erfüllt die Welt,
die längst nicht mehr die meine ist."

„Wie immer sehr kraftvoll", lobte Dr. Howl. „Nur etwas düster für diesen schönen Tag. Ist dir das gerade beim Beerenpflücken eingefallen?"

Williams Gesicht hellte sich auf. „Ich habe immer

die besten Ideen, wenn ich gerade etwas ganz anderes mache. Das befreit den Geist von der allzu angestrengten Suche nach den richtigen Worten. Sie fließen mir dann einfach zu."

Howl nickte. „Man merkt es. Aber lass uns jetzt zum Grund meines Besuchs kommen. Ich möchte dir gerne jemanden vorstellen."

William sah an Dr. Howl vorbei zu Mariella. „Wir haben uns gestern schon kennengelernt", erklärte er.

Mariella kam nun auf die beiden zu und streckte die Hand in Williams Richtung aus. „Ja, aber wir sind irgendwie auf dem falschen Fuß gestartet. Oder wie das heißt."

William ergriff ihre Hand und sah ihr dabei auf ganz eigentümliche Weise in die Augen, so als versuche er, darin zu lesen.

Mariella fühlte sich nicht ganz wohl dabei, doch bevor sie etwas sagen konnte, brach William das Schweigen „Hübsch", sagte er knapp.

Mariella war kurz irritiert. „Ähm, Danke", antwortete sie und merkte, dass es unbeholfen klang.

„William, das ist Mariella, Eleanors Enkelin und … Erbin", ergriff nun Dr. Howl das Wort. „Vielleicht sollten wir uns im Haus etwas unterhalten?"

„Erbin?", fragte William mit unüberhörbarer Skepsis in der Stimme.

„Ich … ich habe alle Dokumente dabei", sagte Mariella.

„Oh, ich verstehe. Dann ist ja alles geritzt." William hob die Schüssel mit den Brombeeren auf und ging zur Haustür.

Mariella sah Howl fragend an.

Der nickte in Richtung Haus. „Lass uns drinnen in Ruhe reden."

Im Cottage fand Mariella die gleiche Liebe zum Detail wie im Garten vor. Stilvolle Antiquitäten in den Räumen, geschwungene Lampen an den Decken, überall das genau passende Maß an ausgewählten Deko-Elementen, so dass die Regale und Kommoden weder überfüllt noch zu leer wirkten.

Mariella war sich ziemlich sicher, dass Eleanor alles so eingerichtet hatte und dass William vermutlich nichts verändert hatte, seitdem er hier alleine wohnte.

Das sprach für ihn, er bewahrte das Andenken der Großmutter in Ehren. Zumindest vermutete sie das. Sie wusste schließlich nicht, wie nahe sich die beiden wirklich gestanden hatten. Aber nach allem, was Dr. Howl berichtet hatte, war es wohl ein sehr harmonisches Zusammenleben gewesen. Mariella freute sich darauf, mehr herauszufinden, und spürte ein Kribbeln in ihrem Bauch, beim Gedanken daran, in die Vergangenheit ihrer eigenen Familie einzutauchen.

Es hatte immer etwas Verbotenes an sich gehabt, dieser nachzuspüren, vor allem weil ihr Vater so schweigsam gewesen war, und kaum etwas verraten hatte über die schottische Familie, der er entstammte. Die Familie, die er offenbar einst hinter sich lassen wollte, komme, was wolle. Das alles war auch heute noch ein Mysterium. Warum hat er das getan? Wusste William darüber Bescheid, wusste er mehr als sie? Sie würde ihn früher oder später fragen. Jedoch sicher nicht heute.

Sie gingen zusammen in den Wohnbereich, der direkt an die Küche angrenzte. William stellte seine Schüssel mit den Beeren in der Küche ab, füllte Wasser in einen altertümlichen Metall-Teekessel und stellt ihn auf den Herd. Dann zog er eine dunkelbraune Holzkiste aus dem Regal.

„Welchen Tee möchtet ihr?", fragte er, während sich die anderen beiden an einem großen ovalen Tisch im Wohnbereich niederließen.

„Ach, das ist mir ganz egal", sagte Mariella. „Am besten deine Lieblingssorte. Ich möchte zu gerne etwas mehr über dich erfahren. Wieso fangen wir nicht einfach mit dem Tee an?" Sie lächelte ihn an.

William erwiderte ihr Lächeln nicht.

„Für mich bitte schwarzen Tee", sagte Howl.

William entnahm drei Beutel Darjeeling aus der Kiste.

„Schön ist es hier", sagte Mariella. „Hat Eleanor das alles so eingerichtet?"

„Sie hatte einen ausgezeichneten Geschmack für Inneneinrichtung. Es ist natürlich etwas altmodisch. Aber ich mag es so. Ich bin selbst irgendwie altmodisch."

„Ich glaube, man nennt das heute Retro ... oder Vintage", sagte Mariella.

„William ist Lyriker, musst du wissen", sagte nun Dr. Howl. „Da gehört es vielleicht dazu, ein bisschen altmodisch zu sein. Und romantisch bis melancholisch, nicht wahr, William?"

Der zuckte mit den Schultern. „Man sollte eben das tun, was man am besten kann", sagte er lapidar und nahm den pfeifenden Teekessel vom Herd. Er goss das Wasser in die Tassen und trug sie auf einem emaillierten Tablett zum Tisch herüber. „Ich sah jedenfalls keinen Grund, hier irgendetwas zu ändern, ich hätte es vielleicht auch nicht gekonnt."

„Ich kann das gut verstehen", sagte Mariella. „Und ich froh, dass es so ist. Ich kann mir schon ein bisschen besser vorstellen, was für eine Frau Eleanor gewesen ist. Ich muss zu meiner Schande gestehen, dass ich sie nie kennengelernt habe."

„Ich weiß", sagte William. „Und es überrascht dich vielleicht auch nicht, dass wir noch nie von dir gehört hatten."

Mariella registrierte seinen prüfenden Blick.

„Und nun tauchst du hier ohne Vorwarnung auf und erklärst, dass das dein Haus sei", sagte William beinahe vorwurfsvoll.

„Es geht alles mit rechten Dingen zu", erklärte Mariella und holte den Umschlag mit den Dokumenten hervor, in denen sie als die Erbin ausgewiesen wurde. Sie schob sie zu William hinüber, doch der würdigte sie keines Blickes.

„Formalitäten interessieren mich nicht. Mich interessieren Menschen", sagte er knapp und führte seine Teetasse zum Mund.

„Darf ich?", fragte Dr. Howl und deutete auf die Unterlagen.

Mariella nickte.

Er nahm die Papiere an sich und verschaffte sich

einen Überblick. An William gewandt sagte er schließlich: „Das scheint mir so weit alles korrekt zu sein. Ich habe Mariella auch schon gesagt, dass du ein Wohnrecht im Haus besitzt. Es ist nur merkwürdig, dass es hier nicht erwähnt wird."

„Sie hat es so verfügt. Es gibt ein Testament. Oder besser eine Ergänzung, wenn man so will. Ich kann es holen gehen."

„Ich bin auch kein Freund von Formalitäten", sagte Mariella. „Ich glaube dir. Und ich habe auch nicht vor, dich hier zu vertreiben oder so etwas. Aber wir werden wohl einen Weg finden müssen, zusammenzuleben."

„Du willst hierbleiben?", fragte William erstaunt. „Orkney ist kein Ort für Leute, die hier nicht aufgewachsen sind. Im Sommer ist es schön, klar. Aber im Winter regnet es ständig und der Wind pfeift dir um die Ohren, es ist quälend lange dunkel. Da kann man schnell trübsinnig werden."

„Um dann Gedichte über Wolken aus Blei zu schreiben, meinst du?", scherzte Mariella.

William sah für einen Moment so aus, als wolle er gleich lautstark protestieren, seine smaragdgrünen Augen glitzerten. Dann stellte er ruhig seine Teetasse ab, stand wortlos auf und verschwand über die Treppe nach oben.

„Hey, das war doch nicht so ...", rief sie ihm hinterher, doch sie bekam nur ein Türknallen als Antwort. Mariella kaute auf ihrer Unterlippe herum. „Das lief ja mal wieder blendend", sagte sie mehr zu sich selbst als zu Dr. Howl.

„Tja, er hat sicherlich seine sensiblen Seiten. Aber ihr werdet euch schon zusammenraufen." Howl trank seine Tasse aus und stand auf. „Wenn du etwas brauchst, melde dich."

„Aber ..." setze Mariella an, verstummte dann sogleich wieder. Sie erkannte, dass sie das im Familienkreis regeln musste, so ungewohnt das für sie auch war. „Wir kommen sicher zurecht, Danke!"

Howl nickte freundlich und verließ dann das Haus.

5

Mariella saß schon eine ganze Weile allein am Tisch und starrte in ihre Teetasse. Sie wusste, dass sie darin nicht die Antworten auf ihre Fragen finden würde. Aber es spukte so viel in ihrem Kopf herum, dass sie gar nicht wusste, wo sie anfangen sollte. Allem voran war da dieses verwirrende Gefühl. Sie sah sich um in diesem wunderschönen Haus, das jemand eingerichtet hatte, den sie nicht gekannt hatte, und das nun offiziell ihr gehörte. Aber dennoch fühlte es sich so an, als wäre sie hier nur zu Gast – bestenfalls. Sie fühlte sich nur geduldet. Oder sogar wie ein Eindringling?

Sollte sie sich weiter umsehen? Durfte sie die Sachen anfassen? Was für ein seltsamer Gedanke, natürlich durfte sie das! Sie gehörten schließlich ihr. Aber dann dachte sie wieder an William, der nach oben gestürmt war. Sollte sie ihm vielleicht hinterhergehen und sich entschuldigen? Es war vorhin als Scherz gemeint, als Auflockerung. Aber sie verstand natürlich, dass es irgendwie taktlos rübergekommen war, was sie gesagt hatte. Sie kannte ihren Halbbruder kaum und ihre zuweilen scherzhafte Art hatte sie schon oft in Schwierigkeiten gebracht. Trotzdem musste er sich auch anpassen. Sie würde jetzt nicht nach oben gehen, sondern ihm Zeit lassen und später noch einmal mit ihm sprechen.

Mariella stand auf und ging durch die unteren Räume des Cottages. Außer dem großen Wohn- und Essbereich gab es die Küche, ein Bad, eine Abstellkammer und einen Vorratsraum. Mehr Platz war hier unten nicht. Oben müssten demnach die Schlafzimmer liegen. Mariella wusste, sie und William würden wohl oder übel ein Arrangement treffen müssen, denn sie konnten sich hier nicht ewig aus dem Weg gehen. Und sie hatte sicher nicht vor, hier so schnell wieder wegzugehen. Das würde bedeuten, dass sie umsonst so weit bis hier hoch geflüchtet wäre.

Geflüchtet.

Das Wort hallte seltsam in ihrem Kopf nach. Das war vielleicht etwas übertrieben.

Mariella ging gerade zurück in den Wohnbereich, da hörte sie das Knarzen der Treppenstufen der alten Holztreppe. William kam wieder herunter, blieb am Fuß der Treppe stehen und sah Mariella einen Augenblick stumm an. Dann sagte er: „Ich habe das Schlafzimmer von Eli hergerichtet. Du kannst es benutzen. Frische Bettwäsche und Handtücher liegen auf dem Bett."

„Oh, danke, William. Und entschuldige bitte vorhin. Das war nicht so gemeint."

„Schwamm drüber. Ich reagiere manchmal ein bisschen emotional, das ist eben meine Art."

„Soll ich vielleicht etwas für uns kochen? So als Wiedergutmachung?" Mariella zeigte in Richtung Küche. „Ist ja bald Mittag."

„Das kannst du gern machen. Ich bin aber unterwegs. Es zieht mich raus an die Luft, um zu dichten. Ich muss die Natur in mich aufnehmen. Aber fühl dich wie zu Hause. Oder wie sagt man? Mein Haus ist auch dein Haus." Er machte einen leicht gequälten Gesichtsausdruck, als schmecke ihm diese Erkenntnis noch nicht so richtig.

Mariella setzte ein Lächeln auf, blieb aber stumm. Nach einer Weile sagte sie: „Gut, dann viel Spaß. Bis später."

William zog seine Stiefel an, hängte sich eine Tasche um und verschwand durch die Tür.

Mariella blieb allein zurück. Dieser Mann, ihr Halbbruder, war schon ein seltsamer Kauz. Sie wurde nicht so recht schlau aus ihm, aber das konnte ja noch werden. Sie würde sich jedenfalls Mühe geben, auf seine sensible Ader künftig etwas Rücksicht zu nehmen und ihren latenten Schalk im Nacken zu bändigen.

Nachdem William verschwunden war, stieg sie die Treppe hinauf, um sich das Schlafzimmer anzusehen. Darin fand sie mittig ein regelrechtes Himmelbett. Weiß lackiert, mit filigranen Schnitzereien. Am Fenster hingen rosafarbene Blümchenvorhänge, die seltsamerweise nicht einmal kitschig wirkten, sondern perfekt ins Ambiente passten. Mariella warf sich aufs Bett und spürte sofort, wie weich und bequem es war. Sie seufzte tief. Endlich hatte sie zumindest ein bisschen das Gefühl, angekommen zu sein.

***

William war bis zum Abend immer noch nicht aufgetaucht und Mariella fragte sich, ob er wohl ihretwegen nicht zurückkam. Ging er ihr absichtlich aus dem Weg? Versuchte er den Kontakt mit ihr so gering wie möglich zu halten oder war es doch ganz einfach so, wie er es gesagt hatte; dass er in der Natur herumstreifte und die Inspiration suchte für neue lyrische Ergüsse?

Es konnte beides gut möglich sein, sie kannte ihn nicht und wusste nicht, wie lange er sich für gewöhnlich dort draußen herumtrieb. Sie hatte allerdings gesehen, dass es draußen wieder zu regnen angefangen hatte und der Wind nun am Abend wieder deutlich auffrischte.

Draußen vor dem Fenster bogen sich die Sträucher im Wind und dicke Tropfen klatschten nun gegen die Scheibe des Küchenfensters. Es bestand kein Zweifel mehr daran, dass der Herbst im Begriff war, langsam ungemütlich zu werden. Mariella dachte an den Inhalt ihres Koffers, den sie vorhin ausgepackt und in den großen hölzernen Kleiderschrank geräumt hatte. Sie hatte nur das Nötigste zusammengerafft, als sie aufgebrochen war. Zwei halbwegs warme Pullover und eine nicht ganz regenfeste Jacke waren das einzige, das sich für dieses Inselklima eignete. Sie würde sich wohl neu einkleiden müssen, wenn sie noch länger hierbliebe. Und das wollte sie.

In der Hauptstadt Kirkwall dürfte es sicherlich einige Läden geben, in der sie das erledigen könnte. Sie müsste sowieso einkaufen. Die Nahrungsmittelvorräte mussten künftig schließlich für zwei reichen – sofern William irgendwann zurückkäme.

Mariella schüttelte den Kopf, wandte sich vom Fenster ab, hinter dem das letzte Licht des Tages langsam verblasste und ging hinüber zur Küchenzeile, um den Abwasch vom Mittagessen zu erledigen. Sie drehte das Wasser auf und nahm einen Teller zur Hand.

„Lass ruhig, ich mach das gerne", hörte sie Williams Stimme aus dem Wohnzimmer.

Mariella zuckte vor Schreck zusammen und hätte fast den Teller fallen lassen. „Wow, echt! Du darfst dich nicht so anschleichen."

„Das tue ich nicht. Ich bin ganz normal zur Tür reingekommen. Du warst offenbar so in Gedanken, dass du es nicht bemerkt hast."

Mariella drehte das Wasser ab. „Ja, sorry. Ich muss mich an das Zusammenleben noch gewöhnen. Ich wohne seit über vier Jahren alleine."

William nickte. „Veränderungen sind immer schwierig", sagte er und kam in die Küche. „Ich wasche gerne ab. Das hat etwas Meditatives. Hab ich immer gemacht, auch als Eli noch lebte. Sie hat ständig alles fallengelassen, ihre Finger hatten nicht mehr so viel Gefühl, weißt du?"

„Wie war sie denn so, unsere Großmutter?", fragte Mariella.

„Zauberhaft. Zum Knutschen. Fröhlich, fürchterlich ungeduldig manchmal. Aber nie grimmig oder böse zu jemandem, egal was für ein Idiot es auch gewesen sein mochte. Sie hatte Stil und Geschmack, bei allem, was sie tat. Ich ..." William brach ab und fuhr nach ein paar Augenblicken fort. „Manchmal habe ich das Gefühl, dass sie mich immer noch inspiriert. Dass ein Teil von ihr in diesem Haus konserviert wurde. Ich weiß, das mag seltsam klingen, aber selbst als Dichter kann man nicht immer alle Gefühle in Worte fassen. Wenn wir uns etwas besser kennen, gebe ich dir vielleicht ein paar meiner Gedichte zum Lesen, die sie beschreiben."

„Das wäre grandios, William! Ich würde mich darüber sehr freuen."

William warf einen Blick in den Topf neben der Spüle, in dem noch Reste von Mariellas improvisierter Soße klebten. Er beäugte sie kritisch, sagte aber nichts dazu. Stattdessen nahm er Mariella den Teller ab und begann abzuspülen.

Mariella war ganz froh, dass er zum Mittagessen nicht dagewesen war. Sie musste zugeben, dass sie sich mit den Zutaten für die Soße ziemlich vertan hatte und ihre Nudeln schließlich größtenteils pur gegessen hatte.

„Ich muss mich übrigens für gestern entschuldigen", erklärte William, ohne aufzusehen. „Ich hatte dich für eine durchgeknallte Touristin gehalten, die hier irgendeine sehr schräge Nummer abziehen wollte."

Mariella musste lachen. „Das muss in der Tat seltsam gewesen sein. Aber das war es auch für mich. Ich dachte kurz ..." Sie brach ab. „Ach, ist ja egal. Soll ich einen Tee kochen? War bestimmt ganz schön eklig draußen."

„Tee, ja. Eklig? Nein", sagte William und reichte Mariella die frisch abgewaschene Teekanne. „Dieses Wetter gehört hier eben dazu. Du wirst dich daran gewöhnen müssen, wenn du tatsächlich hierbleiben möchtest."

Mariella merkte, dass er sie prüfend ansah. „Auf jeden Fall", sagte sie bestimmt. „So schnell wirst du mich erstmal nicht los. Ich hab gesehen, du hast Melissen-Tee, den mag ich am liebsten."

William nickte zustimmend. „Interessant", sagte er schließlich. „Wirklich interessant."

6

Mariella stand an der Küste und blickte aufs Meer. Anthrazitgraue Wolken hingen drohend am Himmel, blasses Zwielicht umhüllte sie. Es war unmöglich, zu sagen, ob dies die Morgen- oder Abenddämmerung war oder eine ganz und gar unwirkliche 25. Stunde zwischen den Tagen. Vor ihr rumorte die aufgewühlte See.

Wie war sie hierhergekommen?

Sie wandte sich nach links. Weiter hinten am Strand stand eine alte Frau mit schneeweißen Haaren, die im Wind flatterten. Mariella meinte zu erkennen, dass sie lächelte, aber sie spürte: Das Lächeln galt nicht ihr. Es ging irgendwie durch sie hindurch.

Sie drehte sich um. Auf der anderen Seite stand ebenso weit entfernt ein Mann. Nicht irgendwer. Sie erkannte, nein, spürte eher, dass es ihr Vater war. Gavin als junger Mann. Mit verschränkten Armen vor der Brust und finsterem Blick. Er rührte sich nicht.

Mariella wollte ihm etwas zurufen, doch kein Laut kam aus ihrem Mund. Hier an diesem Strand war nur Platz für das wütende Lied der Wellen.

Mariella versuchte, einen Schritt auf Gavin zuzumachen, doch ihre Füße versanken im nassen Sand wie in einem Sumpf.

Sie konnte hier nicht weg.

Nun sah sie wieder nach links. Die Frau dort hinten musste Eleanor sein. Doch auch sie war unerreichbar fern.

Mariella streckte hilfesuchend die Hand aus.

„Du musst tiefer graben", säuselte eine Stimme im Wind. Mariella konnte nicht sagen, woher sie genau kam. War das Eleanor, die zu ihr sprach?

Dann hörte sie ein anschwellendes Brausen.

Sie sah wieder raus aufs Meer. Eine meterhohe Welle türmte sich auf und raste von unbändiger Kraft getrieben heran.

Mariella öffnete den Mund zu einem stummen Schrei. Im nächsten Moment hatte die Welle sie verschluckt.

Mariella schlug die Augen auf und sah an die Decke über dem Bett. Für einen ganz kurzen Augenblick hatte sie das Gefühl, in ein Gesicht zu blicken. Im nächsten Moment hatte es sich jedoch aufgelöst – wie der weiße Hauch an einem Wintermorgen. Die Zimmerdecke versank in monotonem Grau. Dennoch hätte sie schwören können, dass es das gleiche Gesicht wie in ihrem Traum gewesen war. Das Gesicht, das ihrer Großmutter gehören musste.

Jetzt erst wurde ihr klar, dass sie das nicht mit Sicherheit sagen konnte. Im ganzen Haus hatte sie kein einziges Bild von Eleanor gesehen, es aber bisher nicht bewusst wahrgenommen. Aber nun fand sie das regelrecht merkwürdig. War es Absicht? Hatte William die Bilder etwa weggeräumt? Doch wozu sollte er das tun? Um nicht an sie erinnert zu werden? Das schien ihr unwahrscheinlich, da sich die beiden offenbar recht nahe gestanden hatten. Mariella nahm sich vor, ihn später danach zu fragen.

Sie tastete nach ihrem Wecker auf dem Nachttisch neben dem Bett. Die Uhr zeigte 4:12 Uhr. Dann ließ sie sich wieder nach hinten ins Kissen fallen und sah an die Decke, die immer noch völlig unspektakulär in Dunkelheit lag. Sie dachte an das Gesicht, das sie eben noch dort oben zu sehen glaubte, und an Williams Worte von gestern Abend, als er erklärt hatte, dass die Mauern des Hauses etwas von Eleanors Wesen konserviert hätten. Sie hatte sich nie viel aus spirituellen Andeutungen gemacht, allerdings war dieser Traum so intensiv und merkwürdig gewesen, dass er sogar jetzt noch auf der Gefühlsebene nachwirkte. Mariella schloss die Augen, aber sie ahnte schon jetzt, dass das mit dem Weiterschlafen eine harte Nummer werden würde.

Um 6:30 hatte Mariella aufgegeben und die Beine aus dem Bett geschwungen. Sie hatte sich angezogen und versucht, so lautlos wie möglich die knarzende Treppe hinunter zu steigen. Unten hatte sie Frühstück gemacht, alles wieder aufgeräumt und dann das Haus vergeblich nach Bildern der Großmutter abgesucht. Schließlich war sie nach draußen gegangen, um sich bei einem Spaziergang den Sonnaufgang anzusehen und den Kopf frei zu kriegen. Sie wurde mit einem warmen Farbenspiel belohnt, das den bizarren Traum der letzten Nacht fast vergessen machte.

Nun war es fast 10 Uhr und sie saß am Esstisch im Haus und überlegte, was sie mit diesem Tag anfangen sollte. William war bisher noch nicht aufgetaucht und ihr dämmerte langsam, dass sie auf seinen Tagesrhythmus und seine Angewohnheiten wohl keine Rücksicht zu nehmen brauchte. Er tat das vermutlich auch nicht. Dabei hätte sie zu gerne mit ihm über den Traum geredet und ihn nach einem Bild der Großmutter gefragt. Die Neugier plagte sie, obwohl ihr auch bisschen bange war, dass ihr tatsächlich das Gesicht von Eleanor im Traum erschienen sein könnte. Das wäre wohl mehr als ein seltsamer Zufall, da sie sich nicht erinnern konnte, jemals in ihrem Leben ein Foto von ihr gesehen zu haben, und ganz sicher keines, das sie als alte Frau zeigte.

Langsam schüttelte sie den Kopf. Die Überlegungen nahmen allmählich paranormale Züge an. Und sie hatte wahrlich dringendere, handfeste Probleme.

Sie wollte gerade eine Inselkarte zur Hand nehmen, um zu recherchieren, wie sie am besten nach Kirkwall gelangen könnte, um einzukaufen, da klopfte es an der Tür. Mariella stand auf und öffnete.

Draußen stand Dr. Howl und lächelte sie an. „Na, wie war die erste Nacht im neuen Zuhause?"

„Guten Morgen, Doc. Die Nacht war gut, würde ich sagen. Das Bett ist bequem, ich hab nur ein bisschen wirres Zeug geträumt. Ich habe mich auch mit William ein wenig ausgesprochen. Ich denke, wir kommen schon klar."

„Das freut mich wirklich. Es ist ja eine etwas ungewohnte Situation für euch beide."

Mariella nickte. „Wollen Sie reinkommen? Ich meine, wenn nicht gerade Patienten auf Sie warten."

„Es ist Samstag, da hat die Praxis zu. Ich mache heute nur Hausbesuche, wie du siehst." Er lachte laut. „Ich komme gerne auf einen Sprung rein. William schläft wohl noch, so wie ich die alte Eule kenne."

Dr. Howl folgte Mariella ins Haus und sie nahmen am Tisch Platz. „Ich meinte das mit dem Hausbesuch nur halb im Scherz. Ich kümmere mich nicht nur um das körperliche Wohl der Leute, sondern auch um ihren Gemütszustand."

„Mir geht es gut, wirklich. Ich muss mich nur zurechtfinden. Und ich muss dringend passende Klamotten kaufen. Sie wissen nicht zufällig, wie ich nach Kirkwall komme?"

„Nun, es gibt einen Bus. Der geht alle zwei Stunden. Oder ich könnte dich hinfahren, ich muss sowieso ein paar Besorgungen machen."

„Das kann ich nicht verlangen, ich will dich nicht belästigen."

„So ein Blödsinn. Ich verlange natürlich eine Gegenleistung dafür."

Mariella sah ihn fragend an.

Howl fuhr fort: „Heute Abend veranstaltet O'Leary sein alljährliches Pat'n'Score und ich will, dass du mich begleitest. Da kannst du die anderen aus dem Dorf kennenlernen."

„Das sagt mir nichts, was ist das? Ein Dorffest?"

„Ja, sowas in der Art, ein Glücksspiel, ein wenig wie Bingo. Dazu wird natürlich getrunken und gegessen. Vielleicht wird sogar getanzt."

„Essen und Trinken klingt gut. Aber aus Glücksspiel und Tanzen mache ich mir nicht besonders viel."

„Das macht nichts. Es ist ein großer Spaß, du wirst sehen. Also haben wir einen Deal?"

„Klar, ich hab doch sowieso nichts vor."

„Fein!", sagte Howl laut und patschte mit der flachen Hand auf den Tisch, dass die Teekanne schepperte.

„Meinst du, William kommt auch mit? Soll ich ihm Bescheid sagen, wenn ich ihn sehe?"

„Nun, versuch es. Er macht sich normalerweise nicht viel aus solchen gesellschaftlichen Ereignissen."

„Hätte ich mir denken können. Ich frage ihn später trotzdem mal. Wann wollen wir los nach Kirkwall?"

„Von mir aus gleich. Ich hab draußen geparkt."

„Dann lass uns shoppen gehen, Doc", sagte Mariella fröhlich und stand auf.

7

Am frühen Nachmittag waren Mariella und Dr. Howl auf der Rückfahrt von Kirkwall nach Dunnwick. Mariella genoss die Gesellschaft von Dr. Howl. Er war einfach ein herzensguter Mensch, den nichts aus der Ruhe zu bringen schien – immer gut gelaunt und zu Späßen aufgelegt, so dass es in seiner Gegenwart weder langweilig noch jemals unangenehm wurde.

Mariella hatte sich während ihrer Shoppingtour in Kirkwall ein paarmal vorgestellt, wie es sein mochte, wenn Doc Howl ihr Vater wäre oder ihr Großvater. Es war natürlich Blödsinn, sich so etwas auszumalen, aber sie musste zugeben, dass Francis Howl ihrer Wunschvorstellung schon ziemlich nahekam.

Während draußen vor dem Seitenfenster die sanft wellige Hügellandschaft von Orkney vorbeizog, dachte sie an ihre eigene Kindheit und die unbequemen Jahre als Jugendliche. Sie mochte nicht behaupten, dass sie eine unglückliche Kindheit gehabt hätte oder eine, die sie in irgendeiner Art traumatisiert hätte, aber wie im Bilderbuch war es auch nicht gewesen. Irgendwie hatte das Familienleben immer die Herzlichkeit vermissen lassen.

Ihr Vater war zuweilen schroff gewesen, eigensinnig und viel zu oft seinen Weg gegangen, ohne Rücksicht zu nehmen, was natürlich zu Zerwürfnissen mit ihrer Mutter geführt hatte, die sich etwas mehr Einfühlungsvermögen gewünscht hätte. Oder einfach, dass Gavin öfter dagewesen wäre.

Mariella hatte sich damals oft gefragt, ob das einfach die nordschottische Art war, aber spätestens seit der Begegnung mit Dr. Howl und anderen Einwohnern von Orkney war ihr klar geworden, dass das nicht typisch war für den Schlag Menschen, der hier oben lebte – eher im Gegenteil. Ihr Vater Gavin war einfach kein Familienmensch, das musste sie anerkennen. Und nun, da sie sah, wie Dr. Howl mit ihr umging, wurde ihr das umso bewusster.

„Soll ich dich direkt nach Hause fahren oder willst du noch mal ins Dorf?", fragte Dr. Howl und brach das Schweigen.

Mariella löste sich aus ihren Gedanken und wandte sich von der Landschaft ab.

„Nach Hause, bitte. Wenn es keine Umstände macht. Ich will die neuen Klamotten in die Waschmaschine werfen."

„Aber du begleitest mich heute Abend?", hakte Howl nach.

„Klar, so war unser Deal. Ich lasse mir doch dieses gesellschaftliche Ereignis nicht entgehen." Sie lächelte.

„Das kannst du laut sagen", erwiderte Howl fröhlich. „Es ist jedes Jahr ein Riesenspaß. Du wirst sehen!"

„Ich komme nachher gleich mit dem Fahrrad." Sie zeigte nach oben in Richtung Autodach. „Übrigens danke, dass du mir diesen Laden gezeigt hast."

„Natürlich, beim alten McDonald gibt es die besten gebrauchten Fahrräder der Insel. Das ist ein äußerst praktisches Verkehrsmittel hier – vor allem für die kurzen Strecken." Er machte eine kurze Pause. „Na gut, wenn der Wind frontal von vorne kommt, ist es nicht mehr so praktisch, aber ich denke, heute ist bestes Fahrrad- und Festwetter."

„Ich werde es ja nachher gleich selber sehen, wenn ich Dorf radele. In Berlin war ich auch immer mit dem Fahrrad unterwegs. Autofahren dort ist eine Katastrophe."

Dr. Howl nickte stumm, sagte aber erst einmal nichts. Nach einem Moment meinte er: „Sag mal, Mariella, darf ich dich etwas fragen?"

„Ja, natürlich immer."

„Nun, Eleanor ist vor einem guten halben Jahr gestorben und ich nehme an, du weißt nicht erst seit gestern von deinem Erbe. Also frage ich mich, wieso tauchst du gerade jetzt hier auf?"

„Ja, weißt du, Francis. Nicht nur das Autofahren war sehr hektisch in Berlin, ich war in meinem Job extrem beschäftigt – und um ehrlich zu sein, ich war mir nicht sicher, ob ich überhaupt herkommen sollte. Ob ich das Erbe tatsächlich annehmen sollte. Es kam mir irgendwie nicht ganz richtig vor, weil ich Eleanor ja nicht einmal gekannt hatte. Aber dann dachte ich, es wäre vielleicht die ideale Gelegenheit, das zu ändern, etwas mehr über sie und meine Familie herauszufinden. Es ist natürlich schade, dass ich sie nicht zu Lebzeiten habe kennenlernen können, aber so kann ich vielleicht zumindest ein bisschen was in

Erfahrung bringen. Und ich muss sagen, das reizt mich sehr."

Dr. Howl gab ein zustimmendes Brummen von sich. „Ja, das kann ich gut verstehen. Sie war eine tolle Frau. Ich kann mir auch vorstellen, dass es sehr stressig war in deinem Job. Was hast du genau gemacht?"

„Ach, eigentlich nur Blödsinn, unnützes Zeug. Es ging im Grunde darum, den Leuten etwas anzudrehen. Sachen für gut verkaufen, die eigentlich überflüssig sind. Grob zusammengefasst: Es nennt sich Marketing." Mariella spürte, wie die Worte nur so aus ihr heraussprudelten. Es tat gut, sich auszusprechen. „Na ja, ich weiß nicht, ob dir das viel sagt, aber ich war verantwortlich für Social Media, Newsletter, Werbekampagnen, Kooperationen. Alles unwichtiger Blödsinn, reine Zeitverschwendung. Aber wie sinnlos die eigene Arbeit ist, realisiert man kaum, wenn man in der Maschine drinsteckt und funktionieren muss. Man steigert sich hinein und merkt gar nicht, dass man schon total kaputt ist von dem ganzen Stress. Das war auch ein Grund, warum ich aus Berlin wegwollte. Ich habe es nicht mehr ausgehalten. Diese Stadt ist laut und dreckig und alle Leute sind gehetzt. Ich musste einfach raus. Also habe ich meine Sachen gepackt und bin hierhergefahren. Und soweit ich es sehen kann, war das genau die richtige Entscheidung. Diese Stille hier. Ich bin heute Morgen spazieren gegangen und habe mir den Sonnenaufgang angesehen und ich habe nichts gehört als den Wind und die Wellen. Ich war allein mit meinen Gedanken. Und glaub mir, ich brauche wirklich diese Ruhe, um diese Gedanken zu sortieren."

„Ruhe ist gut", sagte Dr. Holl. „Aber Ablenkung auch. Deshalb freue mich schon auf heute Abend." Er bog ab und steuerte auf Dunnwick zu. „So, in ein paar Minuten sind wir da. Ich lass dich zu Hause raus. Das Fest geht um 5 Uhr los. Sei pünktlich! Es müssen Einsätze gemacht werden. Du willst doch sicherlich den Jackpot abräumen, oder?"

„Ich hatte noch nie Glück bei sowas. Einmal in meinem Leben war ich in einem Casino und hab beim Roulette 400 Euro verloren. Aber wenn eure Einsätze hier etwas moderater ausfallen, bin ich dabei."

„Oh, das kann ich dir versichern. Wir sind hier ein ganzes Stück bodenständiger!"

***

Mariella schob ihr frisch erworbenes weinrotes Fahrrad auf das Haus zu und stellte es unter einem Unterstand auf der linken Seite ab, wo auch das Gartenwerkzeug und einige Blumenkübel aufbewahrt wurden.

Sie hatte in Kirkwall ganz bewusst kein Fahrradschloss gekauft, obwohl ein solcher Leichtsinn in Berlin bedeutet hätte, dass man ihr den neuen Drahtesel innerhalb von zehn Minuten unter dem Hintern weggeklaut hätte. Aber sie nahm an, dass die Kriminalität hier auf dieser Insel niedrig sein würde.

Sie hatte in den vergangenen Tagen kein einziges Polizeiauto gesehen und konnte sich beim besten

Willen nicht vorstellen, dass besonders viele Halunken an ihrem Haus vorbeikämen.

Dr. Howl lud derweil Mariellas Einkäufe aus und half ihr, die Klamotten und Lebensmittel nach drinnen zu tragen und in den Vorratsschränken zu verstauen. Dann verabschiedete er sich mit der Begründung, er müsse noch beim Aufbau des Festes helfen.

Von William fehlte jede Spur. Sie fragte sich, ob das von nun an so laufen würde, dass sie sich möglichst viel aus dem Weg gingen und so taten, als wohne jeder allein hier. Doch sie bezweifelte, dass das auf Dauer eine gute Beziehung ergeben würde.

William war allerdings während Mariellas Abwesenheit nicht untätig gewesen. Auf dem Esstisch standen frisch gebackene Brombeertörtchen, die das ganze Haus mit ihrem verführerischen Duft fluteten. Mariella musste wohl anerkennen, dass dieser Mann doch einige Talente zu haben schien. Gartenarbeit, Lyrik, Backen, was noch? Aber gleichzeitig schien er mindestens genauso viele Schwächen und Eigenheiten zu haben. Er verschwand plötzlich, sagte nicht, wann er wiederkam, hielt offenbar nicht viel von Umgangsformen und man musste ihm sprichwörtlich alle Informationen aus der Nase ziehen. William war kein großer Plauderer, das war ihr in der kurzen Zeit bereits klar geworden. Offenbar war das Schriftliche sein Medium. Doch auch hier hielt er sich bedeckt. Bis auf die kurze Kostprobe, die er damals im Garten gegeben hatte, hatte Mariella noch nichts von seinem lyrischen Werk zu Gesicht oder Gehör bekommen. Er hatte zwar angekündigt, sie die Gedichte über ihre

Großmutter lesen zu lassen, aber sie erinnerte sich gleichzeitig, dass er gesagt hat, sie müssten sich dazu erst besser kennen.

Doch wie sollte das gehen, wenn er nie da war? Sie schüttelte die Gedanken an ihren verqueren Bruder ab und nahm sich ein Brombeertörtchen vom Tablett. Sie biss hinein und schmeckte, wie herrlich aromatisch die Beeren waren, wie süß und fruchtig der Guss, wie butterig-mächtig der Mürbeteig.

„Nicht schlecht, William. Wirklich nicht schlecht!", sagte sie anerkennend, nahm sich ein zweites Törtchen und ging in die Küche, um die Kaffeemaschine einzuweihen, die sie in Kirkwall gekauft hatte. Immer nur Tee würde sie auf Dauer nicht aushalten. Sie hatte sich im jahrelangen Agenturalltag zu sehr an das schwarze Gebräu gewöhnt.

15 Uhr nachmittags war die perfekte Zeit, um draußen auf der roten Bank einen Kaffee zu genießen und den Blick übers Meer schweifen zu lassen. Das Wetter war heute erstaunlich warm und vor allem beständig. Strahlender Sonnenschein brachte die Wiesen zum Leuchten. Es war fast so, als hätte O'Leary extra für seine große Glücksspiel-Aktion das passende Wetter bestellt. Ein bisschen graute ihr davor, dass es sich dabei um ein allzu rustikales Dorffest handeln könnte, aber gleichzeitig war sie schon sehr gespannt darauf, welche Leute sich dort tummeln würden. Und mit einer Sache hatte Dr. Howl auf jeden Fall recht. Es war die beste Gelegenheit, einige Bekanntschaften in ihrer neuen Heimat zu machen.

8

Gegen 16:00 fuhr Mariella mit dem Fahrrad auf der Landstraße in Richtung Dunnwick. Sie hatte sich die Anweisungen von Dr. Howl genau eingeprägt und bog kurz vor dem Ortseingang nach links ab in Richtung Strand. Es war der Weg, den sie am Morgen nach ihrer ersten Nacht auf der Insel genommen hatte. Während ihre Reifen über den groben Schotter hoppelten, sah sie immer wieder zu den Weiden links und rechts des Weges.

Eine der großen eingezäunten Flächen war rundherum mit bunten Fähnchen und Girlanden geschmückt. Die Kühe waren offenbar auf die angrenzenden Weiden getrieben worden, denn das geschmückte Feld war komplett leer. Als sie näher heranfuhr, sah sie, dass man die Weide selbst mit einem schachbrettartigen Muster versehen hatte. Mit weißer Kreide waren Zahlen in die einzelnen Felder hinein gemalt.

Langsam dämmerte Mariella, um was für eine Art Bingo es sich hier handelte. Sie musste innerlich kichern, als sie sich an eine Doku erinnerte, die sie vor Jahren gesehen hatte – über ein Kuhfladenbingo in den Schweizer Alpen. Sie wusste nicht, dass das in Schottland auch geläufig war. Aber eigentlich war das wohl sekundär. O'Leary brauchte vermutlich nur einen Grund, um seinen Bierabsatz anzukurbeln.

Mariella steuerte mit dem Rad einen Bereich jenseits der Weide an, wo Bänke und ein kleines Zelt aufgestellt worden waren. Darin erkannte sie Dr. Howl und seine Assistentin Linda, die an einem Tisch saßen und offenbar die Wetten annahmen. Eine kleine Schlange an Menschen hatte sich davor gebildet.

Mariella steuerte genau auf das Zelt zu und winkte in Richtung Dr. Howls, der gerade den Kopf hob. Er winkte zurück.

Sie bremste und ein schrilles Quietschen der Felge ließ auch die Köpfe der anderen Anwesenden herumfahren. Dann hörte Mariella ein metallisches Knacken und spürte, wie der rechte Bremshebel abrupt nachgab. Das Fahrrad machte einen Hopser.

Das Bremsseil!

Mariella drückte reflexartig die Vorderbremse fester, um das Versagen der hinteren zu kompensieren, doch es entpuppte sich prompt als fataler Fehler. Sie wurde über den Lenker katapultiert, machte einen halben Salto und schlug hart mit dem Kopf auf dem Boden auf. Ihr wurde schwummerig und sie verlor die Besinnung.

Mariella fand sich am Meer wieder. Es war der gleiche Strand, den sie schon zuvor in ihren Träumen besucht hatte. Alles wirkte unnatürlich still, keine Möwe schrie, kein Wind wehte, sogar das Meer schien erstarrt, wie aus Blei gegossen. Absolut nichts rührte sich hier – bis auf die Frauengestalt, die sich langsam näherte. Sie schien mehr zu schweben, als zu geben, das bodenlange weiße Nachthemd berührte kaum den Sand.

Mariella wusste mit einem Mal absolut sicher, dass es Eleanor war, die ihr hier erschien. Doch wieso? Was sollten diese Träume?

Sie konnte sie nicht fragen. Denn die Stille war für sie ebenso undurchdringlich.

Eleanor beugte sich hinunter und hob ein dünnes Stück Treibholz auf.

„Was tust du?", fragte Mariella in Gedanken.

Statt einer Antwort zwinkerte ihr Eleanor stumm zu und begann mit dem Stock in den nassen Sand zu malen. „26", schrieb sie.

Mariella verstand nicht. „Was ist 26, wer ist 26?"

Eleanor schrieb eine zweite Zahl: „32".

Mariella sah sich um, ob es ein zweites Stöckchen gab, mit dem sie eine Frage hätte formulieren können. Sie fand keines.

Eleanor schrieb noch eine dritte Zahl: „50".

Dann kam urplötzlich Nebel auf, wie aus dem Nichts strömte er aus Richtung Meer heran und hüllte sie ein. Eleanors weißes Nachthemd verschmolz mit dem milchigen Dunst. Im nächsten Moment war auch Mariella vom puren Weiß verschluckt.

Nach einem Augenblick löste sich der dichte Dunst auf und gab den Blick frei auf blauen Himmel – und auf ein Gesicht, dass an Kontur gewann. Es war Dr. Howl, der sich über sie beugte. Dahinter erkannte sie Linda mit einer schwarzen Ledertasche in der Hand.

„Du scheinst ja die spektakulären Auftritte zu lieben", sagte Dr. Howl und schob dann sofort nach: „Ist dir irgendwie schwindelig? Kopfweh? Nicht dass du eine Gehirnerschütterung hast. Du warst für ein paar Sekunden weggetreten."

Mariella setzte sich ganz langsam auf. „Nein, nein. Alles bestens! Das war nur mal wieder furchtbar peinlich. Eine Gehirnerschütterung ist bei meinem Dickschädel auch unwahrscheinlich." Sie setzte ein Lächeln auf.

„Okay, gut. Ich bin froh, dass du dich offenbar nicht schlimm verletzt hast. Du hast aber eine Schürfwunde am Kopf. Ich habe glücklicherweise immer meine Arzttasche und Verbandszeug dabei."

Linda reichte ihm aus der Ledertasche einen dünnen weißen Folienbeutel und ein kleines Fläschchen Jod-Tinktur.

„Brennt gleich ein wenig, aber ist schnell wieder vorbei", sagte Dr. Howl und tropfte aus dem Fläschchen ein wenig Jod auf eine Mullbinde. Damit tupfte er die Wunde ab.

Es brannte wie Feuer. Mariella biss die Zähne zusammen und versuchte, sich nichts anmerken zu lassen.

Howl riss nun die Folienverpackung auf und klebte ein großes Pflaster auf Mariellas Stirn. „Aber jetzt keine Stunts mehr. Du solltest dein Glück nicht überstrapazieren." Er machte eine kurze Pause und warf einen Blick auf das Fahrrad, das neben Mariella lag. „Und ich werde wohl mal ein ernstes Wörtchen mit dem alten McDonald reden müssen." Dann stand er auf und reichte Mariella die Hand, um ihr hoch zu helfen. „Wird's gehen?"

„Klar!", sagte Mariella. „Nichts passiert."

Sie hob das Fahrrad auf und schob hinüber zum Zelt. Sie stellte es neben dem Eingang ab und ging hinein.

Zwei der in der Schlange anstehenden Menschen hatten sich während Mariellas Unfall nicht vom Fleck gerührt, sondern warteten immer noch seelenruhig darauf, ihre Einsätze machen zu können.

„Darf ich dir die ewigen Champions dieses Spiels vorstellen?", fragte Dr. Howl und setzte sich wieder auf seinen Stuhl hinter dem Tisch. Er deutete dabei auf das ältere Ehepaar mit grauen Haaren vor sich. Die beiden in durchweg beigefarbenem Partnerlook gekleideten setzten ein Lächeln auf. Linda schob die Arzttasche unter den Tisch und nahm ebenfalls wieder Platz.

„Das sind Margaret und Jonathan Burns", fuhr Howl fort. „Ich weiß nicht, wie sie es machen, aber sie haben in den letzten zehn Jahren sechsmal gewonnen, was, wenn du mich fragst, nicht ohne eine gehörige Portion Beschiss möglich sein dürfte." Er sah die beiden herausfordernd an.

Das Ehepaar Burns blieb todernst, Jonathan sagte nach einer Sekunde des Schweigens. „Mein lieber Herr Doktor, mit Beschiss hat das unserseits überhaupt nichts zu tun, das erledigen die Kühe!"

Mariella musste lachen. „Der war gut! Und ich muss schon sagen, Francis, es ist eine Schande, dass du diese ehrbaren Leute beschuldigst." Sie streckte die Hand aus. „Ich bin Mariella, die Enkelin von Eleanor, ihr habt sie sicher gekannt. Und ich freue mich schon darauf, von den Meistern zu lernen."

Mariella merkte, wie Jonathan zwischen ihren Augen und dem Pflaster auf ihrer Stirn hin und her sah.

Sie lächelte verlegen. „Bis jetzt war's nicht unbedingt mein Glückstag. Aber das kann ja noch werden", sagte sie und zuckte mit den Schultern.

„Also, mir gefällt sie irgendwie", sagte Margaret und schüttelte Mariellas Hand. „Typisch Mcmillan, diese unergründliche Kombination aus Charme und Schelm."

Auch Jonathan gab ihr nun die Hand und raunte ihr zu: „Freut mich, dich kennenzulernen, Mariella. Aber wenn du Tipps brauchst, bist du bei uns an der falschen Adresse. Wir haben nicht vor, den Sieg so einfach aus der Hand zu geben!" Er grinste verwegen.

„Keine Sorge, ich hatte noch nie Glück bei sowas. Ich bin nur hier, weil ich einen Deal mit Francis habe." Kaum hatte sie diese Worte ausgesprochen, kehrten die Bilder aus der Vision zurück, die sie während der kurzen Bewusstlosigkeit nach dem Sturz erlebt hatte. Die Zahlen, die Eleanor in den Sand geschrieben hatte. Sollte sie etwa auf die setzen? Es klang ein bisschen verrückt. Aber Mariella beschloss, ihrem diffusen Bauchgefühl nachzugeben und es zu versuchen.

Während Dr. Howl die Einsätze von Margarete und Jonathan notierte und das Geld zählte, ging Mariella hinüber zu Linda, bei der gerade niemand anstand. „Okay, was muss ich setzen? Und wie viele Zahlen gibt es überhaupt?", fragte sie und zog ihren Geldbeutel hervor.

Linda erklärte ihr die Regeln: „Also, pass auf, das Spiel läuft so: drei Zahlen, zwei Kühe, ein Jackpot ..."

9

Eine Stunde später war das Dorffest in vollem Gange. Wirt O'Leary zapfte unablässig Bier vom Fass oder schenkte die dunkelgrüne Bowle aus, die er extra zu diesem Anlass zusammengebraut hatte: „Bingo Booze", nannte er sie und pries sie in den höchsten Tönen an. Doch Mariella hatte nicht mehr als einen winzigen Schluck hinunter bekommen. Die Bowle schmeckte wie eine Mischung aus Zahnpasta, Wodka und Gummibärchen, deutlich zu schräg für ihren Geschmack.

Derweil liefern die beiden Kühe namens Einstein und Hawking gelangweilt auf der Weide hin und her. Bisher hatten sie sich noch nicht so am Kuhfladen-Bingo beteiligt, wie sich das manch einer wünschte. Stattdessen hatten sie nur seelenruhig gefressen und ebenso ruhig wiedergekäut. Mariella hatte es nach ein paar Minuten aufgegeben, am Rand des Spielfelds darauf zu warten, und saß stattdessen etwas abseits zusammen mit Linda an einem Tisch. Von dort aus beobachtete sie die anderen Gäste, die etwa zur Hälfte traditionelle schottische Tracht in Form von Tartan-Kleidern oder Kilts trug. Die andere Hälfte hatte ganz gewöhnliche Freizeitkleidung an.

„Das da drüben sind die Mckenzies und die Sinclairs und dahinter steht Pfarrer MacDougall", erklärte Linda, die Mariellas Blick folgte. „Er ist ...

nun, sagen wir, speziell. Du solltest auf jeden Fall nie etwas über Insekten erzählen, wenn er in der Nähe ist. Dann kannst du dir einen stundenlangen Vortrag anhören."

„Ich werde immer schön Ja und Amen sagen", scherzte Mariella.

„Seht gut. Damit bist du auf der sicheren Seite."

„Und die Frau da vorne?" Mariella deutete auf eine leicht beleibte Frau in einem Blümchenkleid, die am Zaun stand und dem Anschein nach den Kühen gut zuredete.

„Das ist Heather Stranton. Sie ist auch speziell." Linda lachte nun. „Tja, das gilt wohl für die meisten hier. Aber was ist eigentlich mit dir? Erzähl doch etwas über dich."

„Was willst du wissen?"

„Egal, irgendwas. Es kann Stunden dauern, bis das Spiel hier endlich Fahrt aufnimmt."

„Meinst du? Bei der Menge, die die beiden Kühe verschlingen, kann ich das kaum glauben."

„Oh doch. Das kann dauern."

„Also schön. Wie du wahrscheinlich mitbekommen hast, hab ich vorher in Deutschland gewohnt und das Haus von Eleanor geerbt. In Berlin war ich in einer Marketingagentur, aber der Job war die Hölle. Ich weiß gar nicht ..." Sie machte eine kurze Pause. „Ich bin quasi geflohen", scherzte sie. „Gerade noch rechtzeitig."

„Und jetzt lebst du mit William zusammen? Es ist irgendwie schwer vorstellbar, dass ihm das gefällt. Also, nichts gegen dich, aber ..."

„Ich verstehe schon, was du meinst. Er ist nicht so umgänglich, wie man sich das von einem Mitbewohner wünscht. Allerdings hatte ich schon Schlimmere während des Studiums."

„William ist sicher nicht schlimm, er ist einfach eine sagenhafte Wundertüte", sagte Linda. „Du weißt nie, was heute drinsteckt."

Mariella dachte kurz über den Satz nach. Das mochte sicher stimmen, doch sie merkte auch, auf welche Weise Linda über William gesprochen hatte. Sie meinte einen ganz speziellen Unterton herauszuhören und beschloss, Linda auf die Probe zu stellen. „Er ist ein interessanter und attraktiver Mann. Kennt ihr euch gut?"

Linda wirkte mit einem Mal etwas verlegen. „Also, attraktiv, na ja ... und was heißt schon gut? Hier kennt doch jeder jeden. Wir waren damals zusammen in der Schule. Aber selbst da hat sich William die meiste Zeit nur für sich selbst interessiert. Jetzt habe ich jemand anderen."

„Entschuldige, ich wollte dich nur ein bisschen testen. So wie du über ihn sprichst, ist ziemlich klar, dass du ihn magst."

Linda zog eine Schnute. „Früher vielleicht. Ich hab mich damit abgefunden, dass William keine ernsthafte Beziehung will."

„Dann will ich dich nicht weiter quälen. Lass uns wieder über Kühe reden!", sagte Mariella lächelnd.

„32!", hörte sie wie aufs Stichwort Dr. Howls Stimme über die Weide schallen. „Die erste Gewinnzahl ist 32, meine sehr verehrten Mitspieler!"

„Na, da sieh mal einer an. Die hast du doch getippt, oder?", fragte Linda.

Mariella nickte. „Ja ... interessant", sagte sie ein wenig zögerlich. „Glück im Spiel – Pech in der Liebe, heißt es doch."

Linda warf ihr einen fragenden Blick zu. „Gibt es denn jemanden, den du in Berlin zurückgelassen hast?"

Mariella seufzte. „Okay, das war wohl ne Steilvorlage. Wir hatten es ja gerade von beziehungsunfähigen Menschen. Ich bin wohl auch so einer."

„Kann ich mir kaum vorstellen", sagte Linda.

„Es gab da schon jemanden, aber es hat irgendwie nicht funktioniert. Er hatte andere Interessen." Mariella nahm geistesabwesend das Glas mit Bowle zur Hand und trank einen Schluck. Sofort verzog sie das Gesicht und stellte es wieder ab. „Jemand sollte mit O'Leary reden. Das Zeug hier grenzt an Körperverletzung."

Linda brach in schallendes Gelächter aus. „Na, dann komm! Versuch du es. Auf uns will er nicht hören."

***

Mariella und Linda standen in der Barschlange neben der Weide, um mit O'Leary zu sprechen. Der Barkeeper war immer noch fleißig dabei auszuschenken und hatte einen seligen Gesichtsausdruck aufgesetzt. Er war offensichtlich zufrieden mit dem Erfolg des Festes. Mit einem Mal spürte Mariella eine Hand auf ihrer Schulter. Sie drehte sich herum und blickte in das Gesicht von Heather Stranton, die sie auf eine ganz und gar merkwürdige Weise ansah. Ihr Blick war beinahe so verklärt, als ginge er geradewegs durch sie hindurch. Da Heather aber nicht sprach, ergriff Mariella das Wort. „Hallo", sagte sie zaghaft. „Sie sind Heather, nicht wahr?"

Heathers Blick klärte sich nun. Sie blickte Mariella direkt in die Augen. „Du kannst sie sehen, ist es nicht so?"

„Entschuldige bitte, wen meinst du?", fragte Mariella irritiert.

„Du kannst Eleanor sehen, denke ich. Siehst du sie am Tage oder in den Träumen?"

Mariella war perplex. „Ich ... ja, also, ich weiß nicht", stammelte sie. „Ich hatte Träume, das stimmt. Ich war am Strand."

Linda seufzte und zog nun die beiden aus der Schlange, um den anderen Wartenden Platz zu machen.

„Das sind mächtige Visionen", sagte Heather. „Du bist wohl so wie ich. Du hast ein echtes Gespür für das Übersinnliche."

Mariella hörte, dass Linda hinter ihr leise zu kichern anfing, aber sie ignorierte es. „Das würde ich jetzt nicht sagen. Ich hatte nie solche Wahrnehmungen, tut mir leid. Und ich könnte nicht sagen, dass ich besonders übersinnlich veranlagt bin. Ehrlich gesagt, habe ich bisher nicht an so etwas geglaubt."

„Aber nun?"

„Puh, ich weiß nicht." Mariella zögerte, noch mehr zu erzählen, sie kannte die Frau schließlich nicht. Aber dennoch strahlte sie etwas so Vertrauenswürdiges aus, dass sie ihre Bedenken beiseiteschob. „Ich muss zugeben, diese Träume hatten etwas Unwirkliches. Und ich kann immer noch nicht genau sagen, ob es wirklich Eleanor war, die mir dort erschienen ist. Aber ich denke es schon."

„Sie war es ganz bestimmt. Mir ist sie auch schon erschienen", sagte Heather. „Sie hat mich einmal vor einem bösen Sturz bewahrt, als ich wandern war."

„Du meinst, sie hat dich im Traum gewarnt und dann ist es tatsächlich so gekommen? Weißt du, mir ist sie vorhin wieder erschienen, als ich mit dem Fahrrad gestürzt bin. Ich war kurz bewusstlos und sofort war ich wieder am Strand. Da war Eleanor und hat Zahlen in den ..."

„26 und 50", rief Dr. Howl lautstark über die Weide. „Ein wahrer Hattrick oder Doppel-Bingo, wie wir sagen! Einstein und Hawking haben sich wohl abgesprochen. Ich wiederhole, sehr verehrte Mitspieler: 26 und 50 sind die weiteren Gewinnzahlen. Hat jemand schon alle drei beisammen oder starten wir in die nächste Runde?"

Mariella sah verdutzt zwischen Weide, Heather und Linda hin und her. „Ich ... Ich glaube, ich habe gewonnen", sagte sie ungläubig.

„Glückwunsch!", sagte Linda. „Das wird den beiden siegesverliebten Burns aber nicht schmecken."

„Ich kann das nicht fassen. Weißt du, ich habe diese Zahlen nicht zufällig gewählt. Das sind die drei

Zahlen, die ich vorhin in der Vision gesehen habe. Eleanor hat sie am Strand in den Sand gemalt. Ich habe sie nur aus einer Laune heraus getippt."

„Na, was sagt uns das, meine Liebe?", meinte Heather und lächelte wissend.

„Dass es hier nicht mit rechten Dingen zugeht", sagte Mariella.

„Nein, nein. Ich sagte es doch: Das sind mächtige Visionen. Nutze sie." Dann wandte sie sich um und ging in Richtung Weide davon.

„Tja, das ist schon ein Ding", sagte Linda. „Du musst jetzt jedem einen Drink ausgeben, das gehört sich so."

„Ist ja sicher kein Problem, nun da ich den Jackpot geknackt habe. Wo kann ich denn meinen Gewinn abholen?"

Linda lachte laut und herzlich. „Dein Gewinn wartet da drüben!" Sie zeigte auf die beiden Kühe, die träge auf der Weide standen und mit den Schwänzen nach Fliegen schlugen.

„Oh Mann, ich hatte es fast befürchtet", stöhnte Mariella. „Lass uns schleunigst die Drinks holen!"

10

Mariella hatte geschlafen wie ein Stein – und sie hatte nicht geträumt, weder von Eleanor, noch von etwas anderem. Der Abend zuvor war lang und letztlich noch richtig lustig gewesen. Kein Wunder, denn sie konnte sich nicht erinnern, wann sie das letzte Mal so viel getrunken hatte. Und Whiskey schon gar nicht. Aber das gehörte in Schottland wohl dazu. Ebenso wie dieser wilde Volkstanz, bei dem sie öfter auf den Hintern gefallen war, als ihr lieb sein konnte. Das wiederum hatte ganz sicher nicht nur am Alkohol gelegen.

Mit bleischwerem Kopf richtete sich Mariella im Bett auf und sah zum Fenster. Durch die Vorhänge brachen kräftige Sonnenstrahlen und fielen genau auf ihr Gesicht. Es musste schon recht spät am Vormittag sein. *Sei's drum, sie hatte schließlich keine Termine!*

Mariella zog sich einen Jogginganzug an, band ihre Haare zusammen und ging über die knarzende Treppe nach unten.

William erwartete sie in der Küche mit einer Tasse Tee in der Hand und einem schwer zu deutenden Gesichtsausdruck. War er auch gerade erst aufgestanden? Ein flüchtiger Blick zur Uhr verriet ihr, dass es bereits 20 nach 11 war.

„Morgen, Mitbewohner", murmelte sie und quetschte sich an ihm vorbei in Richtung Küchenzeile. Sie füllte Wasser in den Teekocher und stellte ihn auf den Herd. Aus dem Schrank holte sie eine Packung Kaffeebohnen, die French Press und eine elektrische Kaffeemühle. Dann begann sie, die Bohnen hineinzulöffeln.

William beobachtete sie eine Weile stumm. „Ich sollte wohl gratulieren, nicht wahr? Du hast den Jackpot abgeräumt!", sagte William mit amüsiertem Unterton.

„Oh, das spricht sich aber schnell rum. Woher weißt du davon? Du warst doch gar nicht auf dem Fest. Linda sagte, so etwas sei nicht dein Ding."

William zeigte durch das Fenster nach draußen.

Mariella folgte seinem Blick und erkannte, dass die zwei Kühe von gestern nun im Garten standen. Eine davon ließ gerade einen großen Kuhfladen mitten auf die Wiese fallen.

„Shit", brummte Mariella. „Wie kommen die denn hierher? Ich hatte gehofft, dass das trotz allem nur ein schlechter Witz war."

„Wieso schlecht? Ich finde den ziemlich gut!" William lachte nun laut los.

Mariella spürte kurz so etwas wie Verärgerung, dann konnte sie aber gar nicht anders als mitzulachen. Nach einer Weile ergriff sie wieder das Wort. „Na, aber mal im Ernst: Was soll ich denn mit den Kühen machen? Wir hatten nie Tiere gehabt, keine Katze, kein Hund, nicht mal ein Meerschweinchen."

„Wir bringen sie zu MacGregor. Dann gibt es die nächsten zwölf Monate Steaks", sagte William ungerührt.

„Was? Du spinnst wohl!", protestierte Mariella.

„Beruhige dich, das meinte ich doch nicht ernst. Ich wollte nur deine Reaktion testen." Er zwinkerte ihr zu.

Mariella verschränkte die Arme vor der Brust. „Du hast ziemliches Glück, dass ich mich gestern verausgabt habe und zu erschöpft bin, um dich zu vermöbeln."

William zog amüsiert die Augenbrauen hoch, ging aber nicht direkt darauf ein. „Na, schön, es gibt jedenfalls eine ungenutzte Weide hinterm Haus, die gehört zu unserem Grundstück. Wir können sie dort grasen lassen. Und dann sehen wir weiter."

Mariella nickte. „Aber erst brauch ich nen Kaffee. Ich bin ziemlich auf Entzug. Willst du auch einen?"

Angewidert verzog William das Gesicht. „Auf keinen Fall."

Mariella fand es geradezu ulkig, wie demonstrativ er seine Abneigung zur Schau stellte. „Keiner zwingt dich. Dann bleibt eben mehr für mich." Sie machte eine kurze Pause. „Ich möchte gerne auch noch über eine andere Sache mit dir reden."

„Die wäre?"

„Ich weiß nicht so ganz, wie ich das ausdrücken soll, ohne dass du mich für ... nun ... für seltsam hältst."

„Zu spät", sagte William knapp und lächelte. „Noch ein Scherz. Ich bin heute wohl unerhört gut drauf. Also, was ist es?"

„Seit ich hier bin, habe ich diese Träume. Und gestern dachte ich, es sind vielleicht nicht nur

Träume. Darin sehe ich diese Frau. Ich denke, es ist Eleanor, die mir erscheint."

„Hmmmm...", brummte William.

„Ich kenne sie ja nicht, nicht mal ein Bild von ihr habe ich gesehen. Dabei wüsste ich so gerne, wie sie aussah. Hier im ganzen Haus habe ich kein einziges Foto von ihr gefunden."

„Es gibt auch keins", bestätigte William.

„Aber wieso? Das ist doch ihr Haus! Irgendwelche Bilder muss es doch geben."

„Es gab welche. Nicht viele und die waren ziemlich alt. Eleanor hat es gehasst, fotografiert zu werden. Und in ihrem letzten Willen hat sie mir aufgetragen, die restlichen Fotos zu vernichten." Er zeigte auf den Holzofen im Wohnbereich. „Ich habe diesen Wunsch erfüllt."

„Wieso wollte sie, dass du das tust?"

„Eleanor war der Meinung, man sehe nur mit dem Herzen gut. Du kennst ja sicher das Buch vom kleinen Prinzen? Das war ihr Lebensmotto, besonders im Alter. Sie wollte, dass sie in den Gedanken der Menschen weiterlebt, nicht als platte Fotografie irgendwo hinter Glas."

„Und du hast kein einziges aufgehoben? Ich hätte gerne eine handfeste Bestätigung, dass das Gesicht, das mir im Traum erscheint, ihres ist."

Langsam schüttelte William den Kopf. „Ich habe nur eine Zeichnung, die ich vor Jahren gemacht habe, und die ist ziemlich mies. Aber du brauchst keine Bestätigung. Es ist ganz sicher Eleanor. Ich habe sie auch schon im Traum gesehen. Du siehst, es besteht kein Grund, dich deshalb für seltsam zu halten. Oder anders herum: Ich bin dann wohl mindestens genauso seltsam wie du."

„Mindestens", wiederholte Mariella und schob sofort nach: „Und jetzt renn nicht wieder gleich beleidigt weg. Du hast mit den Scherzen angefangen, da musst du auch schon ein bisschen was einstecken können."

„Einfach wegzurennen ist auch gar nicht meine Art", sagte William und verzog ganz leicht die Mundwinkel, was seinen Worten dennoch die Glaubwürdigkeit nahm.

Stille machte sich breit, doch nur so lange, bis der Teekessel zu pfeifen begann. Mariella nahm ihn vom Herd und stellte in auf einen Untersetzer. Dann wandte sich wieder ihrer Kaffeemühle zu und begann die Bohnen zu zermahlen. Das Pulver gab sie in die French Press und goss das heiße Wasser darüber. Ganz beiläufig fragte sie dabei: „Um was ging es denn in dem Traum, in dem dir Eleanor erschienen ist?"

Als William nicht antwortete, wandte sie den Kopf um und sah, dass er geistesabwesend aus dem Fenster starrte.

„William? Hast du mich gehört?"

„Es ging um Gavin", antwortete er knapp, zunächst ohne den Blick vom Fenster zu nehmen. „Meinen ... oder besser unseren Vater." Er schüttelte den Kopf und blickte Mariella nun wieder direkt an. „Tut mir leid, das ist so fremd und absurd, dass ich eine Schwester haben soll. Und außerdem weiß ich über Gavin genauso wenig wie du über Eleanor.

Trotzdem sollen wir jetzt eine Familie sein, das ist irgendwie zu viel für mich."

„Du bist eben ein Einzelgänger. Ein einsamer Wolf."

William legte den Kopf schief. „Hier gibt es keine Wölfe. Wäre auch ziemlich unpraktisch auf einer Insel mit so vielen Schafen und Kühen."

„Verstehe schon, du willst nicht so gern darüber sprechen. Na schön. Soll ich dir vielleicht etwas über Gavin erzählen?"

„Nein danke", sagte William plötzlich in schroffem Ton. „Ich will gar nichts über ihn wissen." Nach diesen Worten wandte er sich von Mariella ab und ging in Richtung Treppe. „Entschuldige mich, ich hab zu tun."

„Hey, aber die Kühe! Wie soll ich die auf die Weide kriegen?"

11

Drei Tassen Kaffee später fühlte sich Mariella bereit, sich mit Einstein und Hawking zu befassen. Sie schnappte sich ein langes Stück Holz aus dem Geräteschuppen neben dem Haus und hoffte, dass sich die Kühe damit in die gewünschte Richtung treiben lassen würden. Sie durchquerte vorsichtig das frisch bespielte Kuhfladen-Bingofeld im Vorgarten und näherte sich den beiden Tieren. Sie hatte das Gefühl, sie müsste die beiden irgendwie ansprechen, ihnen Kommandos geben oder sie auf andere Weise darauf vorbereiten, was sie mit ihnen vorhatte. Aber im gleichen Moment wusste sie, dass sie erstens keine Ahnung hatte, was man Kühen für gewöhnlich so erzählte, und dass sie die Sache zweitens wieder unnötig kompliziert anging. Das hier war keine Kampagne in der Agentur, sie entwarf keine Zielgruppenansprache, sie wollte nur diese zwei gigantischen Euterträger auf die Weide kriegen. Das dürfte doch zu schaffen sein!

„Hey, jo!", rief sie und wedelte mit dem Ast.

Die Kühe zupften völlig ungerührt weiter dicke Grasbündel aus dem Vorgarten.

„Wer von euch zwei Genies ist Einstein?", setzte sie erneut an und deutete dann auf das hölzerne Tor, dass den Garten von der Weide hinter dem Haus trennte. „Da lang, bitte!"

Sie schlug der einen Kuh mit dem Stock auf das Hinterteil und bekam zur Antwort prompt den miefigen Kuhschwanz ins Gesicht gepfeffert.

Mariella war für einen kurzen Augenblick wie perplex. Instinktiv drehte sie sich dann hilfesuchend zum Haus um. Wozu hatte man eigentlich Geschwister! Doch von William fehlte jede Spur. „Er hat zu tun", knurrte sie. „Ganz toll. Wahrscheinlich steht er hinter dem Vorhang und lacht sich tot."

Sie drehte sich wieder herum und stapfte durch den Garten zum Tor. Das hölzerne Gitter hatte seine besten Tage hinter sich, ließ sich aber unter protestierendem Knarren öffnen.

Noch bevor Mariella einen neuen Versuch starten konnte, den Kühen Anweisungen zu geben, setzten sich diese schon wie von Geisterhand in Bewegung und liefen auf das offene Tor zu.

„Ja, okay. Ich verstehe schon. Ihr seid eher der Typ für die große symbolische Geste. Also schön. Raus da, eine ganze unberührte Wiese wartet auf euch!"

Sie wartete, bis die Einstein und Hawking durch das Tor getrottet waren, dann schloss sie es wieder und ging ihnen hinterher auf die Weide, die ungefähr die doppelte Größe eines Fußballfeldes hatte. Am gegenüberliegenden Ende stand ein kleiner Unterstand aus zusammengenagelten Brettern, der vermutlich als Schutz für die Tiere bei schlechtem Wetter gedacht war. Das Gras auf der Wiese war kniehoch und saftig, so dass sich Mariella um die Verpflegung der Kühe wohl vorerst keine Gedanken zu machen brauchte. Sie strich im Vorübergehen mit der Hand durch das hohe Gras und musste plötzlich an ihre Kindheit denken, an unbeschwerte Momente, in denen sie durch die Wiesen und Felder im südlichen Hessen gestreift war. Wie lange hatte sie so etwas nicht getan, wie lange hatte sie keine solche Ruhe gespürt? Sie konnte es nicht sagen.

Neben dem Unterstand ließ sich Mariella auf einer Bank nieder und hing weiter ihren Gedanken nach, während sie Einstein und Hawking beim Grasen zusah. Sie hatte nie viel vom Konzept des Schicksals gehalten oder von anderen spirituellen Denkweisen, aber sie wurde das Gefühl nicht los, dass es hier mit übernatürlichen Dingen zuging. Dass sie aus einem bestimmten Grund hier war. Und der Beweis stand dort. Oder wie könnte man es erklären, dass ihr die Traumversion von Eleanor zu diesem – zugegeben höchst kuriosen – Gewinn verholfen hatte?

Warum zum Geier sie das getan haben mochte, konnte sie sich beim besten Willen nicht zusammenreimen. Viehzucht als Entschleunigungstherapie? Sie schüttelte den Kopf.

Nach einer Weile erhob sich Mariella von der kleinen Bank und drehte eine Runde um den Unterstand. Er war in keinem sonderlich guten Zustand. Die Bretter waren teilweise morsch, die Wände hatten Löcher und Risse und es brauchte wesentlich mehr als nur einen neuen Anstrich, wenn man ihn weiterverwenden wollte. Es war kein Wunder, dass das Bauwerk so stark verwittert war. Bei dem rauen

Inselklima, dem ständigen Wind und der Feuchtigkeit, die hier herrschen musste.

Glücklicherweise war davon heute jedoch nicht viel zu spüren. Die Sonne stand strahlend am Himmel und verbreitete beinahe unangemessen viel Wärme.

Mariella kam wieder an der Vorderseite des Unterstands an und warf einen Blick hinein. Ein paar alte verrostete Gartengeräte hingen an den Seitenwänden, eine Sense, ein Rechen, eine Harke. In der hinteren linken Ecke lag ein Haufen halb vermodertes Heu und auf der rechten Seite stand eine ovale Zinkwanne – vermutlich um die Tiere mit Wasser zu versorgen. Sie bemerkte, dass im Inneren des Unterstands kein Gras wucherte, da jemand eine flache Holzkonstruktion unter die Hütte gezimmert hatte. Da sie noch einigermaßen in Schuss zu sein schien, traute sich Mariella hinein. Doch schon beim zweiten Schritt bereute sie es. Sie trat auf eine morsche Bohle und landete mit einem lauten Krachen ungefähr 30 Zentimeter weiter unten. Jedoch nicht ohne sich das Schienbein an den spitzen Holzsplittern aufzukratzen. Sie stieß einen Fluch aus und zog das Bein vorsichtig wieder heraus.

Ihre verdammte Neugier hatte sich wieder einmal gerächt. Warum war sie nicht einfach mit ihrem verkaterten Kopf auf der Bank sitzen geblieben und hatte den Kühen beim Grasen zugesehen? Sie ging in die Hocke und schob das Hosenbein nach oben. Es war ein langer, unangenehmer Kratzer, der leicht blutete, aber sie erkannte, dass sie nicht ernsthaft verletzt war. Sie beäugte das Loch im Boden misstrauisch. Sie war selbst schuld, dass sie einen Fuß in diese Bruchbude gesetzt hatte. Dennoch konnte sie sich kaum von dem Loch abwenden. Es zog sie auf gewisse Weise an. Dennoch war es schwierig, in dem Zwielicht dort unten etwas zu erkennen. Dann aber meinte ein schwaches metallisches Schimmern zu sehen. Und hatte sie eben nicht einen scheppernden Laut vernommen, als sie durchgebrochen war?

Sie beugte sich noch etwas näher heran und erkannte eine bronzefarbene Blechschachtel mit einem Blumenmuster obendrauf. Vermutlich eine alte Keksdose oder etwas in der Art.

Sie griff vorsichtig hinein und versuchte, die Dose herauszuziehen. Das Loch war jedoch etwas zu klein. Sie stand auf und trat noch einmal mit dem Fuß auf die Bohle neben dem Loch. Mühelos vergrößerte sie so die Öffnung. Nun gelang es ihr, die Dose herauszunehmen.

Das hier war ganz offensichtlich ein Geheimversteck.

Mariella strich mit dem Finger über die vom Zahn der Zeit und der Witterung ziemlich übel zugerichtete Dose, sie spürte die Rauheit der angerosteten Stellen. Es war keine einfache Keksdose, wie sie auf den ersten Blick dachte, sondern eine Art Geldkassette, die jemand einmal bemalt hatte.

Ob es der gleiche jemand war, der sie hier verbergen wollte? Oder hatte sich derjenige nur nicht durchringen können, den Inhalt ganz zu entsorgen? Die metallene Kassette war mit einem kleinen Vorhängeschloss gesichert und gab nicht so ohne weiteres preis, was in ihr steckte.

Mariella merkte, wie ihr Herz plötzlich schneller schlug. Sie wollte wissen, was darin war! Doch wer hatte den Schlüssel zu diesem sprichwörtlichen Geheimnis?

12

Als Mariella wenige Minuten später das Haus betrat, fand sie es genauso ruhig wie zuvor. Entweder hockte ihr kauziger Halbbruder immer noch in seinem Zimmer oder er war mittlerweile ausgeflogen. Im Moment kümmerte sie das jedoch wenig. Die geheimnisvolle Schatzkiste erschien ihr viel interessanter als das wankelmütige Gefühlsleben ihres Bruders, sie konnte sich später mit seinen merkwürdigen Anwandlungen auseinandersetzen. Plötzlich schoss ihr ein Gedanke in den Sinn: Hatte er vielleicht diese Kiste dort draußen vergraben? Oder war es womöglich ein anderer Verwandter gewesen? Eleanor selbst oder sogar ihr Vater vor langer Zeit?

Oder war dies ein Zufallsfund, eine Zeitkapsel? Ein Piratenschatz, den gestrandete Freibeuter einmal vor Hunderten von Jahren auf dieser rauen Insel gelassen hatten? Fast hätte Mariella laut gelacht. Das war natürlich ausgemachter Blödsinn!

Sie legte ein Geschirrhandtuch auf den Esstisch und stellte die schmutzige Schatulle darauf ab. Eine Weile betrachtete sie das Vorhängeschloss, welches den Inhalt vor neugierigen Blicken schützte. Ihr war klar, dass sie ein Werkzeug brauchen würde, um diese Kiste zu öffnen, denn dass der Schlüssel hier irgendwo offen herum lag, glaubte sie nun wirklich nicht. Sie hatte auch keine Zeit, danach zu suchen.

Wo mochte es in diesem Haus Werkzeug geben? Mariella ging zunächst in die Küche und sah in alle Fächer und Schubladen, ob es darin vielleicht einen Schraubenzieher oder eine Zange geben könnte, mit der sie versuchen könnte, das Schloss zu knacken. Erfolglos. Auch im Wohn- und Esszimmer untersuchte sie vergeblich Kommoden und Schränke. Einen Keller hatte das Haus nicht. Und auch die Einbauschränke und Fächer im Flur gaben nichts her.

Ratlos drehte sie sich im Kreis, bis ihr Blick an der Treppe hängen blieb und dann die Stufen empor glitt. Das Dach! Es musste einen Dachboden geben.

Zügig stieg sie die Treppe hinauf und untersuchte die Decke im oberen Stockwerk. Ganz hinten im Flur fand sie eine in die Decke eingelassene Klappe. Der Zugang lag genau neben Williams Tür, die wie üblich geschlossen war.

Sie könnte klopfen und einfach ihn nach einem Werkzeug – oder gar dem Schlüssel – fragen. Aber ihr Gefühl riet ihr, es auf eigene Faust weiter zu versuchen. Sie hatte schlicht keine Lust, ihn um Hilfe zu bitten! Immerhin war das jetzt ihr Haus und sie konnte hier nach allem Suchen, was sie wollte. Das alles gehörte ihr. Sie musste sich das immer wieder deutlich machen, vor allem, weil William schon lange hier wohnte und sich viel besser auskannte als sie. Vermutlich hielt er sie immer noch für eine Art Eindringling in seine Privatsphäre, den er leider nicht loswerden konnte.

Sie öffnete die Luke und zog eine schmale Leiter herunter. Staub und tote Insekten rieselten ihr entgegen und sie musste husten. Wann mochte diese Klappe das letzte Mal geöffnet worden sein?

Sie wischte sich den Staub vom Gesicht und stieg hinauf in den finsteren, niedrigen Dachboden. Durch kleine bullige Fenster an den Stirnseiten des Hauses schien etwas Licht herein, das kaum ausreichte, um sich ein klares Bild zu machen. Eine elektrische Beleuchtung, die Abhilfe hätte schaffen können, fand sich nirgends. Mariella tastete sich im Zwielicht durch alte Kisten, Kartons und ausgemusterte Möbelstücke. Sicher war das hier eine Fundgrube mit alten Erinnerungsstücken.

Schließlich stieß sie mit dem Fuß scheppernd gegen eine Metallkiste. Bingo! Es war ein altmodischer Werkzeugkasten. Sie versuchte, ihn anzuheben, merkte aber gleich, dass er viel zu schwer war, um ihn die steile Treppe hinunter zu wuchten. Also kniete sie sich hin und öffnete die Klappe. Sie steckte alles, was ihr nützlich schien, in ihre Jacken- und Hosentaschen. Ein paar Schraubenzieher, eine Zange, eine kleine Metallsäge. Dann ging sie zurück zur Luke und stieg hinunter. Sie würde den Inhalt des Dachbodens ein anderes Mal weiter inspizieren. Es dürfte sehr spannend sein, tiefer in die Familienvergangenheit vorzudringen.

Zurück im Esszimmer legte sie die Werkzeuge neben die Schatulle auf dem Handtuch ab und setzte sich. Dann probierte sie nacheinander alle Möglichkeiten aus, das Schloss zu öffnen. Nichts gelang, bis Mariellas Blick auf die angerosteten Scharniere an der Rückseite fielen. Sie schienen wenig stabil und zudem von den Umwelteinflüssen stark angegriffen. Wieso war ihr das nicht gleich aufgefallen? Wieder einmal zeigte sich das, was ihr im Leben schon so oft widerfahren war, sie sah die entscheidenden Dinge erst auf den zweiten Blick, erkannte neue Gelegenheiten erst, wenn sie fast schon vorbeigezogen waren. Meist war sie so in ihren Mustern und Routinen gefangen, dass es fast einem Tunnelblick glich. Aber diese Zeiten waren nun vorbei, das schwor sie sich.

Sie setzte die Zange an und knipste die morschen Scharniere einfach ab. Der Deckel der Schatulle ließ sich mit sanfter Gewalt nach vorne aufbiegen. Ein leises Knirschen verriet, dass der vordere Bügel, in dem das Vorhängeschloss hing, aus seiner Verankerung in der Dosenwand fuhr.

Mariella sah gespannt hinein und entdeckte einige Fotos, einen Zeitungsausschnitt und gut zwei Dutzend Briefe, allesamt in ungeöffneten Umschlägen. Sie waren mit Briefmarken versehen, die auch abgestempelt worden waren. Ihr Blick blieb an der Empfängeradresse hängen, die mit einer feinen verschnörkelten Handschrift geschrieben worden war – zweifelsohne von Eleanor. Sie erkannte eine der Adressen. Dort hatte sie selbst als Kind gewohnt, zusammen mit ihrem Vater, an den die Briefe gerichtet waren. Aber er hatte sie offenbar nie geöffnet, sondern an den Absender zurücksenden lassen. Das machten die Zustellvermerke ganz deutlich. Gavin hatte alle Brücken zu seiner Vergangenheit und seiner Familie abgebrochen und nicht einmal zugelassen, dass seine Mutter ihm schrieb.

Ein dicker Kloß formte sich in Mariellas Hals, als sie sich vorstellte, wie das wohl für ihre Großmutter gewesen sein musste. Der eigene Sohn für immer außer Reichweite.

Sollte sie an seiner statt die Briefe nun lesen? Hatte sie das Recht dazu? Sie hatte Eleanors Nachlass geerbt, aber diese Briefe gehörten streng genommen ihrem Vater. Aber wie sollte sie sie ihm geben? Ihr ging es kaum besser als Eleanor, denn sie hatte keinen blassen Schimmer, wo Gavin sich aktuell herumtrieb.

Mariella legte den Stapel Briefe zurück in die Schatulle und zog dann die Fotos und den Zeitungs-artikel heraus. Auf einem der Bilder war Gavin als junger Mann zu sehen, auf einem weiteren eine blonde Frau, die Mariella nicht zuordnen konnte, da es nicht beschriftet war. Ein drittes zeigte schließlich Eleanor zusammen mit William als Kind – zumindest vermutete sie es wegen der Ähnlichkeit.

Der Zeitungsausschnitt schließlich berichtete vom Selbstmord einer jungen Frau, die sich von den Klippen ins Meer gestürzt hatte. Es fand sich kein Bild beim Bericht, aber Mariella ahnte sofort, dass es sich wohl um die gleiche Person handeln musste, die auf dem dritten Bild zu sehen war. Warum sonst soll-ten diese Dinge zusammen in der Schatulle liegen? Es musste einen Zusammenhang geben.

Das musste heißen, ihr Vater und Eleanor hatten die Frau gekannt. War das Williams Mutter? Sie sah auf das Datum der Zeitungsausgabe und schätzte ab, wie alt William gewesen sein mochte, als sie sich das

Leben nahm. Höchstens 13 Jahre. Was mag in ihm …

Mariella konnte den Gedanken nicht zu Ende führen, da jemand energisch die Klingel malträtierte und gleichzeitig an die Tür hämmerte.

Sie steckte Fotos und Zeitungsbericht kurzerhand in ihre Jackentasche und sprang auf.

Sie war kaum halb bis zur Tür gekommen, da klingelte es schon wieder. Von Ruhe und Idylle war auf dieser Insel nicht so viel zu spüren, wie sie sich das für Nordschottland vorgestellt hatte. „Ja, ich komme ja schon!", rief sie laut und hetzte zur Tür. Sie riss sie auf und blickte in das Gesicht von Linda.

„Du hast das Gatter zur Weide offen gelassen, deine Kühe sind schon auf halbem Wege zurück zu Bauer Morrison!"

Verdammt, dachte Mariella. Sie war vorhin so in Gedanken gewesen und so aufgekratzt über den Fund der geheimnisvollen Schatulle, dass sie auf dem Weg ins Haus ganz vergessen hatte, die Kühe auf der Weide einzusperren. Seitdem hatten sie sich offensichtlich selbstständig gemacht. Möglicherweise waren sie mit mir ihrer neuen Besitzerin unzufrieden und wollten zurück nach Hause. „Ich …", setzte sie an und stockte.

Linda sah sie ich auffordernd an. „Komm schon, mach schnell, wir müssen sie einfangen!"

„Aber ich habe doch gar keine Ahnung, wie man Kühe einfängt. Vielleicht lassen wir sie einfach ziehen? Sie können gern zurück in ihr altes Zuhause. Ich hatte sowieso keine großen Ambitionen, in die Viehwirtschaft einzusteigen."

Die Antwort schien Linda keineswegs zufrieden-zustellen. „Hey, hör mal! So machen wir das hier oben nicht. Man kümmert sich gefälligst!"

Noch einen kurzen Moment sah Mariella Linda grübelnd an, dann verließ sie das Haus. „Na schön, ich will ja nicht, dass sie unterwegs überfahren werden oder so etwas."

„Hier lang", sagte Linda und deutete auf die Weide jenseits der Straße vor Mariellas haus. „Morrisons Hof liegt da hinten."

Sie rannten über die Wiesen den beiden Kühen hinterher, die trotz ihrer vorhin so behäbigen Fort-bewegungsweise schon erstaunlich weit gekommen waren.

Ungefähr eine Dreiviertelstunde später hatten sie die beiden eigensinnigen Kühe wieder zurück auf die Weide bugsiert. Mariella und Linda achteten nun penibel darauf, dass das Gatter dieses Mal ordentlich verriegelt war, bevor sie wieder zurück in Richtung Haus gingen.

„Lass uns ne Pause machen, ich koche uns nen Kaffee – oder Tee, wenn du magst", schlug Mariella vor, die von der Aktion immer noch ziemlich außer Puste war. „Ohne dich hätte ich das nie geschafft."

„Tja, also das glaube ich dir sofort." Linda lachte. „Hier oben muss man ein bisschen auf den anderen schauen. Es ist eine kleine verschworene Gemein-schaft. Das war schon immer so. Denn alleine bringt man es hier zu nichts. Aber wenn du magst, kannst mir als Dankeschön gerne einen Kuchen backen."

Mariella zog die Augenbrauen hoch. „Ich und

Kuchenbacken? Das kannst du nicht ernsthaft wollen, der würde dir vermutlich wie ein Stein im Magen liegen!" Sie lächelte und ging gefolgt von Linda ins Haus.

„Na gut, dann belassen wir es beim Tee."

„Klar, ich setze schnell Wasser auf." Mariella ging in die Küche und füllte den Teekessel auf. Währenddessen nahm Linda am Esstisch Platz, wo noch immer die Schatulle stand. Linda nahm sie gerade in Augenschein, sagte aber nichts.

„Ja, das ...", setzte Mariella an. „Ich hab die Kiste hinten auf der Weide ausgebuddelt. Deswegen hatte ich ganz verschwitzt, das Gatter zu schließen. Als du geklingelt hast, hab ich gerade die alten Briefe und Fotos gesichtet, die jemand darin versteckt hat. Ich musste die Kiste aufbrechen."

Linda beugte vor, um in die Schatulle hineinzusehen.

In diesem Moment verkündete der Kessel mit lauten Pfeifen, dass das Wasser kochte. Mariella nahm ihn von der Kochplatte und goss den Inhalt in eine Kanne, die sie anschließend zum Tisch trug.

„Also, ich weiß ja nicht ...", fing Linda an. „Aber dir scheinen heute ziemlich viele Sachen abhandenzukommen. Erst rennen dir die Kühe weg und dann ..."

„Was meinst du damit?", unterbrach sie Mariella, stellte die Kanne ab und ging eilig hinüber zu Linda.

„Na ja, diese Schatulle hier ist leer", sagte Linda knapp.

„Verdammt, das war William!", fluchte Mariella.

„Er ist aus seinem Zimmer gekrochen, als wir weg waren, und hat sich die Briefe geschnappt." Mariella ließ sich resigniert auf einen Stuhl plumpsen.

„Und wenn schon. Vielleicht waren es seine Sachen?"

„Ja, vielleicht die Fotos. Aber die Briefe waren von Eleanor an meinen Vater. Er hatte kein Recht, sie wegzunehmen."

Linda zuckte mit den Schultern. „Kann ja sein, dass er das alles vergraben hat."

Mariella nickte langsam. Ihre anfängliche Enttäuschung war verpufft. William musste eine schwere Zeit durchgemacht haben. Kein Wunder, dass er die Erinnerungen daran aus seinem Leben verschwinden lassen wollte. Sie goss Tee in zwei Tassen und schob Linda eine davon hin. „Na ja, vielleicht kannst du mir doch helfen." Sie griff in ihre Tasche und zog nun den Zeitungsbericht und die Fotos heraus. Sie legte alles vor Linda ab. „Weißt du was über diese Sache?"

Linda verzog das Gesicht. „Oh, nun ... das ist wirklich eine traurige Geschichte."

13

„Das muss 2005 oder 2006 gewesen sein, ich weiß es nicht mehr so genau", sagte Linda. „Patricia O'Connor war Williams Mutter. Aber sie hatten kein so inniges Verhältnis. Er ist eigentlich von Eleanor aufgezogen worden. Aber trotzdem hat es ihn ziemlich mitgenommen, als sie damals ..." Linda machte eine kurze Pause und überlegte offensichtlich, wie sie den Satz beenden sollte. „Nun, als sie von dieser Klippe gestürzt ist, meinten die Leute schnell, sie habe Selbstmord begangen. Patricia hat lange mit ihren Problemen gerungen und sich bemüht, sie irgendwie in den Griff zu kriegen, aber letztlich hat sie wohl keinen anderen Weg mehr gesehen."

„Das ist heftig. William war doch fast noch ein Kind, oder?"

„Er war damals 13, Patricia 29. Eine Tragödie."

Mariella spürte, wie sich ihr Magen zusammenzog. Williams Mutter war genauso alt gewesen wie sie jetzt. Was mochte sie durchgemacht haben, dass sie sich einfach in den Tod stürzte? Sie wollte sich eigentlich nicht in ihre Lage versetzen, aber ganz fremd waren ihr Melancholie und Depression nicht.

Als Gavin sie und ihre Mutter verlassen hatte, war sie nicht sehr viel älter gewesen als William und es hatte bei ihr tiefe Enttäuschung ausgelöst, ein

Gefühl der Unzulänglichkeit. Was hatten sie falsch gemacht, dass ihr Vater nicht bleiben wollte? Sie hatte diese Gedanken lange Zeit nicht loswerden können, erst nachdem sie mit 18 ein neues Leben in Berlin begonnen hatte, löste sich dieser unterbewusste Schmerz langsam auf. Oder hatte sie nur gelernt, ihn effektiv zu verdrängen?

Mariella seufzte. Für William musste es ungleich schwerer gewesen sein, er hatte seinen Vater nie kennengelernt und seine Mutter schien ihn ebenso verstoßen zu haben. Sie empfand auf einmal nichts als Mitgefühl für ihren Halbbruder. Sie merkte, dass sie schon eine ganze Weile schweigend und grübelnd am Tisch gesessen hatte, und besann sich. „Sorry, das alles ist harter Tobak."

„Das kannst du laut sagen. Aber es hatte wohl so kommen müssen", meinte Linda kryptisch.

„Wieso?", hakte Mariella nach.

„Na ja, rechne doch mal nach. 29 minus 13."

„Oh. Patricia war erst 16, als sie William bekommen hat!"

„Genau, und das schien sie total überfordert zu haben, was ich absolut verstehen kann. Und dieser Arsch von Gavin ist einfach abgehauen! Sorry, ich weiß, dass er dein Vater ist, aber ..." Sie biss sich auf die Unterlippe. „Lassen wir das. Ich war damals ja selber noch ein Kind, ich kenne bloß die Erzählungen. Aber wenn ich mir vorstelle, ich hätte schon mit 16 einen Sohn bekommen, den ich hier oben alleine großziehen soll. Es ist einfach nur zum Kotzen!"

„Ja, das stimmt. Ich habe mich immer gefragt,

warum mein Vater damals so Hals über Kopf nach Deutschland gegangen ist und alle Brücken abgebrochen hat. Geahnt hab ich zwar immer, dass da irgendetwas passiert sein musste, aber er hat jede Frage dazu rigoros abgeblockt."

Linda nickte. „Mehr weiß ich im Grunde auch nicht. Und diejenige, die vielleicht die ganze Geschichte kannte, ist ..."

„... tot", vervollständigte Mariella den Satz. „Sonst säße ich nicht hier. Manchmal glaube ich, es war irgendwie Bestimmung, dass sich mal hier lande, dass ich das hier erbe, um Licht ins Dunkel zu bringen."

Mariella nahm einen Schluck Tee und blickte aus dem Fenster, wo sich die Wolken gerade zusammenzogen und weiteren Regen ankündigten. „Ich hatte doch erzählt, dass ich Eleanor im Traum gesehen habe – unten beim Kuh-Bingo, bevor Heather mich angesprochen hat. Deswegen habe ich überhaupt nur die Kühe gewonnen. Und wegen der Kühe bin ich auf die Weide gegangen und dort habe ich diese Kiste mit den Briefen gefunden. Ich weiß, es klingt verrückt, aber soll das alles ein Zufall sein?"

Linda legte den Kopf schief. „Du meinst, Eleanor gibt dir aus dem Jenseits Hinweise? Wozu?"

„Damit ich etwas zu Ende bringe, das sie nicht mehr geschafft hat, oder das sie vielleicht einfach nicht selbst tun konnte."

„Puh, also ... vielleicht solltest du tatsächlich noch mal mit Heather reden. Wenn dir jemand bei dieser waghalsigen Theorie helfen kann, dann sie."

Mariella nickte. „Das werde ich. Schreibst du mir bitte ihre Adresse auf?"

„Klar, ihr Haus ist auch nicht schwer zu finden."

Mariella blickte nochmal zum Fenster. „Meinst du, es wird regnen?"

„Eine reichlich merkwürdige Frage", kommentierte Linda. „Natürlich wird es regnen. Es regnet hier oben andauernd, die Kunst ist, herauszufinden, wann!"

„Ja, das meinte ich doch", erwiderte Mariella. „Ich hab den hiesigen Regen schon ganz gut kennengelernt. Schaffe ich es noch bis zu Heathers Haus, ohne völlig durchnässt zu werden?"

Linda stand auf und trat ans Fenster. Eine Weile beobachtete sie die Wolken, dann wandte sie sich wieder Mariella zu. Sie griff sich theatralisch an den Kopf und tat so, als ereile sie eine Vision. „Ich sehe Trockenheit auf deinem Weg. Dunkelblaue Trockenheit!" Sie öffnete die Augen und grinste schelmisch.

„Das macht dir Spaß, mich zu veralbern, was? Aber was zur Hölle ist dunkelblaue Trockenheit?"

„Ford Focus", sagte Linda lachend. „Ich fahr dich hin. Aber für den Rückweg kann ich nicht garantieren. Heute Nachmittag muss ich in die Sprechstunde. Der gute Doc ist ohne mich total aufgeschmissen, was die Organisation angeht."

Nun musste auch Mariella lachen. „Alles klar, Danke!"

***

Eine Viertelstunde später parkte Linda ihren Wagen vor einem wild überwucherten Garten, in dessen Innerem man gerade noch das stark bemooste Dach von Heathers Häuschen ausmachen konnte. Alles Weitere war von der schier uferlos sprießenden Vegetation verschluckt worden.

„Irgendwie sieht das genau so aus, wie ich es mir vorgestellt hatte", sagte Mariella.

„Ja, ich glaube, im Lexikon ist neben dem Eintrag zu ‚esoterisch' ein Bild von Heather. Sie ist trotzdem eine herzensgute Frau, man darf nur nicht alles für bare Münze nehmen, was sie so sagt. Aber vielleicht ist das ja auch nur meine bescheidene Meinung."

„Danke nochmal fürs Herbringen", sagte Mariella und schenkte Linda noch ein Lächeln, bevor sie ausstieg.

„Kein Problem. Wenn du länger bleibst, ruf einfach in der Praxis an, ich hab um sechs Schluss."

„Ach was, ich finde schon zurück. Und wenn mich doch der Regen erwischt, dann ist das eben Schicksal."

„Haha, genau die richtige Einstellung, um da rein zu gehen. Also, machs gut!"

Mariella warf die Autotür ins Schloss und wandte sich Heathers Haus zu. Es gab keinen Gartenzaun und kein Tor, nur den grünen Schutzwall aus Pflanzen, in dem an einer Stelle ein etwa zwei Meter hoher Bogen aus Metallgeflecht eingesetzt war. Darum rankte sich eine Kletterpflanze, die Mariella nicht zu bestimmen vermochte.

Sie ging durch den Bogen in den Garten und

näherte sich dem kompakten, aus groben Naturstein errichteten Haus. Das hier war der Pfad in eine eigene kleine Welt, ein Refugium, in dem Heather die Regeln aufstellte und sich nicht von dem Trubel der Außenwelt beeinflussen ließ.

Mariella war noch nicht ganz bis zur dunkelrot gestrichenen Holztür des Hauses gekommen, da tat sich diese bereits auf.

Heather trat mit einem milden Lächeln auf den Lippen heraus. „Ich dachte schon, du kommst nicht mehr", begrüßte sie sie.

„Ich ... hast du mich etwa erwartet?", fragte Mariella erstaunt zurück.

„Was denkst du?" Sie sah Mariella einen Augenblick eindringlich an, bevor sie sie die Hände hob und abwinkte. „Komm erstmal rein, es wird gleich zu schütten anfangen."

Prompt landete der erste Tropfen auf Mariellas Nasenspitze. „Dann will ich nicht widersprechen." Sie folgte Heather ins Haus, in dem es nach Kräutertee und Räucherstäbchen duftete. Sofort überkam sie ein Gefühl, ungeahnter Gemütlichkeit und Ruhe. Es war, als ob Heather dieses Haus auf eine ganz bestimmte Art eingerichtet hatte, die nur eines ausstrahlte: Harmonie. Der Gedanke an Feng Shui schoss ihr in den Sinn. Obwohl sie im Grunde keine Ahnung hatte, worum es dabei genau ging, war sie sich fast sicher, dass sie das Ziel dieser asiatischen Lehre gerade in Perfektion erlebte.

Sie folgte Heather in eine behagliche Wohnküche, in der ein alter mit Holz befeuerter Herd knisterte, daneben standen ein rustikaler Tisch aus Eiche und vier passende Stühle. Die Wände ringsum waren mit unzähligen Regalen und herabhängenden Körben versehen, in denen Einmachgläser, Kräuterbündel, Obst, Gemüse und unzählige andere Dinge lagerten.

Heather drehte sich zu ihr um. „Wollen wir uns setzen? Du hast bestimmt einige Fragen."

***

Die Luft roch verführerisch nach frisch gebackenem Brot und süßen Teilchen, als William an der Bäckerei vorbeiging und um die Ecke des alten Steinhauses bog. Er steuerte direkt auf Doc Howls Praxis zu. Der Arzt hatte gerade keine Sprechzeit, wohnte aber im gleichen Haus im ersten Stock. William hatte auch keine medizischen Probleme, die er mit Howl erörtern wollte, sondern ein ganz anderes Anliegen.

Er fand Doc Howl auf einer kleinen Treppe am Hinterausgang sitzend, welche zum windgeschützten Innenhofgarten führte, in dem Howl Rosen züchtete. Oder zumindest versuchte er, sie zu züchten. Seine Bemühungen waren bisher nie von großem Erfolg gekrönt gewesen.

Der Doktor hatte ein Notizbuch auf dem Knie und einen Apfel in der Hand. Als William näherkam, sah er auf, schob sich die Brille zurecht, und sagte: „Du siehst so gebückt aus, als würdest du etwas Schweres mit dir herumtragen."

William ließ den Blick über den Garten schweifen, ehe er antwortete: „Sie muss gehen", sagte er.

Howl hob eine Braue. „Sie?"

„Mariella", stelle William klar.

„Ach so", erwiderte Howl beiläufig und biss in den Apfel, dass es krachte. „Ein Apfel am Tag und du brauchst keinen Arzt mehr", erklärte er.

William ging nicht darauf ein. „Ich weiß nicht, was sie hier will. Sie wirbelt alles durcheinander. Stellt Fragen, berührt Dinge, die besser ruhen sollten. Und sie ist überall. Wie kalter Wind, der durch Ritzen kriecht."

„Welch poetische Schmähung", murmelte Howl und kritzelte etwas ins Notizbuch.

William trat einen Schritt näher und blickte Doc Howl finster an. „Ich meine es ernst, Doc. Ich hab schon genug zu schultern. Mein Kopf ist voll. Ich brauche keine neugierige Fremde, die sich in mein Leben drängt und Dinge ausgräbt, die begraben bleiben sollen!"

Howl sah ihn an, lange, prüfend. Dann klappte er das Buch zu. „Du weißt, dass das nicht geht, oder?"

„Warum nicht?" Williams Stimme war schärfer, als er beabsichtigt hatte.

„Weil das Haus genauso sehr ihr gehört wie dir. Weil ihr ein gemeinsames Erbe habt – nicht nur in juristischen Papieren, sondern in Erinnerung, Geschichte, Blut, ob nun halbes oder ganzes. Und weil es ein Band gibt, William. Eines, das du spürst. Sonst wärst du nicht hier."

William sah weg. Seine Finger umklammerten den Bleistift in der Manteltasche. Er spürte, wie das Holz knackte. „Ich will dieses Band nicht."

„Eleanor hat es so gewollt."

Schweigen machte sich breit. Ein paar Möwen flogen kreischend über den Innenhof.

„Sie ist ..." William zögerte. „Sie ist so neugierig ... und so nett."

Howl blinzelte. Dann lachte er trocken. „Ach. Und Nettsein ist jetzt auch schon ein Problem?"

William schloss die Augen. „Vielleicht das Größte."

Howl stand auf und legte William eine Hand auf die Schulter. Er drückte sie kurz und fest. „Gewöhn dich ans Nettsein. Das wäre doch eine tolle Abwechslung, Du wirst sehen, es macht Spaß."

William seufzte. Tief, aus dem Bauch. Dann drehte er sich um. „Ich hab's schon mal versucht", murmelte er. „War nicht mein Fall."

„Versuch's weiter", sagte Howl. „Aber lass zu, dass auch andere nett sein können. Vielleicht will sie nicht dein Leben schwerer machen, sondern sucht nur nach einem Ort, an dem sie ihr eigenes leichter leben kann."

William spürte, dass in den Worten von Doc Howl wie üblich viel Weisheit steckte. Und dennoch zögerte er, seinen Rat zu befolgen. „Danke, Doc", sagte er ruhig und wandte sich zum Gehen. Langsam verließ er den Garten und spürte, dass er sich wider Erwarten nicht mehr ganz so schwermütig fühlte.

14

Mariella saß an Heathers Küchentisch und knetete ihre Finger. Heather war sicher die Letzte, die sie wegen ihrer Theorie belächeln würde, aber dennoch zögerte sie, diese laut auszusprechen.

„Du hast etwas gefunden, richtig?", ergriff nun Heather das Wort. „Aber du weißt nicht recht, was du damit anfangen sollst."

Mariella nickte und holte die Fotos und den Zeitungsausschnitt hervor. Sie reichte sie Heather, die sie an sich nahm und betrachtete. „Da waren auch Briefe. Aber William hat sie weggenommen, bevor ich sie lesen konnte."

„Willst du das denn? Sie lesen?", fragte Heather.

„Puh, ich weiß nicht. Aber ich habe das Gefühl, ich sollte sie finden. Und wozu könnte das gut sein, wenn ich sie nicht lese?"

Heather sah sie einen Moment schweigend an. „Damit hast du vermutlich recht. Aber was ist, wenn dir nicht gefällt, was darin steht? Bist du bereit, das zu akzeptieren?"

Mariella zögerte, die Frage zu beantworten. Nicht, weil sie nicht antworten wollte, sondern weil sie sich selbst nicht im Klaren darüber war, wie sie reagieren würde. Also fragte sie zurück: „Denkst du, Eleanor hat mir den Weg zum Versteck der Briefe gezeigt? Will sie mir etwas sagen?"

„Da bin ich mir ganz sicher!", bekräftigte Heather. „Eleanor war eine spirituelle Frau, so wie ich – und du auch."

„Ich?", sagte Mariella erstaunt. „Nein, also das kann man nicht behaupten! Ich hatte nie …"

Heather hob langsam die Hand und bedeute ihr, zu schweigen. „Du kannst es nicht leugnen. Du sitzt hier bei mir, weil du Antworten suchst. Antworten auf Fragen, die sich nur stellen, weil Eleanor das so will. Sie kommuniziert mir dir auf eine Weise, die du vielleicht nie für möglich gehalten hast, aber die deshalb nicht weniger real ist."

„Real? Das kommt mir alles andere als real vor. Aber selbst wenn, warum kommt sie zu mir?", hakte Mariella nach. „Was möchte sie?"

„Manche Dinge bleiben im Leben unerledigt. Und das quält die Seele dann bis über den Tod hinaus. Ich kann mir keinen anderen Grund denken."

Mariella seufzte. „Ich bin doch nur hier hochgekommen, weil ich selber genug Probleme hatte. Und jetzt soll ich die meiner ganzen Familie gleich mit lösen! Das ist zu viel verlangt."

„Vielleicht. Zumindest, wenn du weiter so an dir zweifelst. Versuche doch, die Probleme von einer höheren Ebene aus zu sehen. Eleanor will dir dabei helfen. Denk an Einstein!"

„Einstein? Die Kuh, die ich gewonnen hab?"

Heather lachte. „Oh, nein! Was für ein merkwürdiger Zufall. Ich meine natürlich den Wissenschaftler."

„Und was hat er gesagt, das uns hier weiterhilft?"

„Probleme kann man niemals mit derselben Denkweise lösen, durch die sie entstanden sind", zitierte Heather.

„Hm ... und du meinst, weil Eleanor jetzt auf eine andere Weise existiert, sieht sie die Probleme aus einem anderen Winkel?"

„Richtig. Doch leider fehlt ihr die Möglichkeit, auf unsere Welt direkt Einfluss zu nehmen. Das musst du für sie tun. Sie will dir deshalb auch zu einer anderen Perspektive verhelfen."

Mariella hatte das Bedürfnis, gleichzeitig den Kopf zu schütteln und zu nicken, so verwirrend und doch logisch schien ihr diese Erklärung. Aber sie spürte, dass da eine weitere Ebene war, dass Heather mehr wusste. „Was ist mit Patricia geschehen, mit Williams Mutter?"

Heathers Blick wurde nun traurig. „Du hast doch den Bericht gelesen", sagte sie knapp. Offenbar behagte ihr das Thema nicht.

„Ja, sicher. Aber da steht rein gar nichts über die Gründe drin. Ich will wissen, warum sie das getan hat", meinte Mariella. „So etwas muss eine Ursache haben, einen Auslöser."

„Ist das wichtig für dich?"

„Ich denke schon. Es muss etwas mit meinem Vater zu tun haben. Warum ist er von hier fortgegangen? War es nur, weil Patricia von ihm schwanger war und er kein Kind wollte?"

„Ich weiß nicht, was er gedacht hat. Aber ich weiß, was man sich erzählt hat – so im Geheimen."

„Das wäre?", hakte Mariella nach.

„Einige meinten, dass ..." Heather stockte. „Weißt du, Patricia war erst 16. Und Gavin war 20."

„Was soll das heißen?"

„Es gab Riesenärger mit Patricias Familie. Und es gab Vorwürfe, dass Gavin ... na ja, es war wohl viel Alkohol im Spiel, verstehst du?"

„Ich verstehe immer noch nichts!" Mariella spürte plötzlich, wie ihr Herz schneller schlug und sie immer aufgewühlter wurde, nun da sich ein übler Verdacht manifestierte. Trotz des sauren Gefühls in ihrer Kehle, musste sie weiterfragen. „Hat er Patricia etwa ... ich meine, was willst du damit sagen, es war viel Alkohol im Spiel?"

Heather lächelte milde. „Ich sage gar nichts. Aber es gab diese Gerüchte. Nur Gavin und Patricia wissen, was wirklich passiert ist und keiner von beiden hat etwas darüber erzählt. Drei Tage, nachdem Patricia sicher war, dass sie schwanger ist, hat Gavin die Insel für immer verlassen."

„Weiß William davon? Von den Gerüchten?", wollte Mariella wissen.

„Davon können wir ausgehen. Ich kann mir kaum vorstellen, wie das für ihn gewesen sein muss. Obwohl sich Eleanor rührend um ihn gekümmert hat. Sie hat die Verantwortung übernommen, vor der Gavin geflohen war."

„Abhauen konnte er offenbar schon immer gut", sagte Mariella bitter. „Kümmern dagegen war nie seine Stärke. Aber trotzdem kann ich nicht fassen, dass er so ein Schwein gewesen ist!"

„Gavin war jung und dumm – und kaputt. Er ist

auch ohne Vater aufgewachsen. Das entschuldigt nichts, aber erklärt so manches, auch dass er zu viel getrunken hat. Weißt du, Peter, Eleanors Mann, war Fischer und ist eines Tages nicht von der Ausfahrt zurückgekommen. Gavin war damals fünf Jahre alt. Eleanor blieb allein mit ihm und war vielleicht auch etwas überfordert. Aber das ist alles so lange her."

„Eine lange Tradition des Verlustes", sagte Mariella matt.

„Ich denke, darüber solltest du bei Gelegenheit mit William reden."

„Was? Darüber, dass unsere Familie vom Unglück verfolgt ist?"

„Du weißt, dass das Blödsinn ist. Ich meine damit, eure Gemeinsamkeiten. Ihr habt die Fähigkeit, eure Traumata gegenseitig zu heilen, davon bin ich überzeugt."

„Traumata? Ich würde ..." Mariella brachte den Satz nicht zu Ende. Sie hatte protestieren wollen, aber merkte plötzlich, dass es sinnlos wäre. Heather las in ihr wie in einem offenen Buch. Eine Weile blickte sie zum Fenster, an das dicke Regentropfen prasselten. Dahinter war nur eine grau-grüne, verschwommene Welt. Es war, als blickte sie dort hinaus und gleichzeitig in sich hinein. Ihre Gefühle waren eine heillose Mischung aus Frust, Trauer, Neugier, Abscheu und Angst.

Vielleicht hatte Heather recht und das hier war die Gelegenheit, alles ins Lot zu bringen, für sich, vielleicht auch für William. Sie seufzte tief, bevor sie wieder das Wort ergriff. „Ich werde mit ihm reden. Er hat die Briefe offenbar selbst nicht gelesen. Die Umschläge waren alle noch zu. Warum, weiß ich nicht, aber wenn er vorgehabt hätte, sie für alle Zeiten verschwinden zu lassen, dann hätte er sie wohl eher verbrannt als vergraben."

„Er war noch nicht so weit. Vielleicht hat er auf dich gewartet?"

„Das konnte er aber nicht wissen. Vermutlich hatte er genau so wenig Ahnung von mir, wie ich von ihm."

„Sicher. Er hat wohl eher darauf gewartet, dass jemand, der ihn versteht, diesen Weg zusammen mit ihm geht."

Mariella nickte. „Es ist schwer, immer nur auf sich allein gestellt zu sein, in einer Welt, die scheinbar nur gegen einen ist."

„Hör auf das, was Eleanor dir sagen will. Gehe deinen Weg und hör auf dein Herz. Es wird dich nicht betrügen."

„Mein Herz? Du meinst diesen Scherbenhaufen?"

„Jetzt tust du ihm unrecht. Aber letztlich bist du die Einzige, die es in Ordnung bringen kann. Und ich weiß, dass du es schaffen wirst. Komm, wir spielen eine Partie Dame, bis der Regen aufhört."

„Dame? Also, ich weiß nicht recht."

„Du musst auf andere Gedanken kommen und darfst nicht ständig nur grübeln und mit dir hadern. Lebe einfach und lass den Rest geschehen. Es wird sich alles regeln, glaube mir. Eleanor sorgt schon dafür." Heather lächelte und machte eine ausholende Geste, als wollte sie den Raum sich herum einfangen, als schwebe der Geist von Eleonor irgendwo darin unsichtbar herum.

Mariella legte den Kopf schief und versuchte, sich vorzustellen, ob es so etwas tatsächlich geben mochte – eine andere Form von Existenz. Sie schüttelte den Kopf. Heather hatte recht, ständiges Grübeln brachte sie nicht weiter. „Na, schön. Spielen wir Dame. Den Rest kann ich nicht versprechen – noch nicht", sagte Mariella.

15

Die grauen Wolken rissen auf und die Sonne brach hindurch. In den sanften Dunst, den der Regen hinterlassen hatte, zauberte sie ein Bündel an goldenen Lichtstrahlen, die über das Grün der Insel wanderten. Der Anblick faszinierte Mariella, während sie Heathers Haus hinter sich ließ und den Rückweg antrat – oder zumindest das, was sie für den Rückweg hielt. Sie war sich ganz und gar nicht sicher, dass sie in die richtige Richtung lief. Schon immer hatte sie Schwierigkeiten gehabt, sich zu orientieren. Mindestens dreimal musste sie normalerweise einen Weg gegangen oder gefahren sein, um sich halbwegs sicher zu sein, dass er stimmte.

Der Lichtertanz dort über der Landschaft schlug sie über die Maßen in ihren Bann. Sie ahnte auch, warum. Denn seit ihrem heutigen Besuch bei Heather schien sich tatsächlich etwas in ihr zu wandeln. Das hier war nicht mehr nur das reine Naturschauspiel, das für sich genommen schon atemberaubend genug gewesen wäre, sondern womöglich ein Zeichen. Sie fragte sich instinktiv, ob mehr dahinter steckte.

Obwohl sie sich im Gespräch mit Heather noch zögerlich gegeben hatte, spürte sie innerlich, dass sie längst glaubte, was sie ihr gesagt hatte – dass sie nur bereit sein musste, sich auf diese spirituelle Suche zu begeben.

Das Wort spirituell hallte eigenartig in ihrem Geist nach. Das war nie ihr Ding gewesen. Alles, das nur den Anflug von Esoterik verströmte, hatte sie immer gemieden. Obwohl sie sich schon seit ihrer Kindheit fragte, was es wohl mit dem Leben, seinen Irrungen und Wirrungen und generell mit der Existenz auf diesem Planeten auf sich haben musste. Gott hatte sie nie interessiert, so wie den Rest ihrer Familie – den bekannten Teil ihrer Familie. Vielleicht hatte sie es nur nicht wahrhaben wollen, dass es mehr gab, als man sehen und mit den Händen greifen konnte.

Die Sonne verzog sich wieder hinter die Wolken und nahm die Wärme, die sie gerade noch vom Himmel herabgesandt hatte, mit sich. Sofort kroch die feuchte Kälte zurück, das Licht begann zu schwinden und der Wind frischte auf. Es konnte sicher nicht mehr lange dauern, bis der nächste Regenschauer sie mit voller Wucht erwischte.

Mariella merkte, dass sie von dem plötzlichen Naturphänomen und ihren Gedanken derart abgelenkt gewesen war, dass sich wohl tatsächlich verlaufen hatte. Sie stand an einer Kreuzung, an der sich zwei Straßen schnitten. Von einem Wegweiser oder anderen Hinweisschildern fehlte jede Spur. Um sie herum fanden sich nur noch flache Wiesen, von denen eine der anderen glich. Kein Haus weit und breit.

Nun griff sie in ihrer Jackentasche und holte ihr Handy heraus. Es war seit Tagen ausgeschaltet – genau genommen seit ihrer Abreise aus Berlin, die ihr nun schon fast ewig her zu sein schien. Wann war sie aufgebrochen? Vor drei Tagen? Einer Woche? Die Zeit hier oben schien anders zu vergehen. Irgendwie langsamer und gleichzeitig auch schneller. All die verwirrenden Entdeckungen, die sich den letzten Tagen fast überschlagen hatten, mischten sich mit dem eher beschaulichen Leben hier oben.

Noch einen kurzen Moment zögerte Mariella, dann schaltete die das Handy ein. Sie brauchte jetzt die Navigations-App, wenn sie nicht die halbe Nacht planlos über die Insel irren wollte.

Doch bevor sie die App öffnen konnte, prasselten die angestauten Nachrichten herein. Verpasste Anrufe, Messages, Mails, Benachrichtigungen – hunderte! Mariella verspürte nur Abscheu für diesen digitalen Wahnsinn, den ihr altes Leben zwangsläufig mitgebracht hatte.

Wozu?

Das alles war nur Fassade, hektisches Treiben, weißes Rauschen, das sie Sinne flutete! Es diente nur einem Zweck: sich abzulenken, zu verhindern, dass man sich mit sich selbst und seinem Leben auseinandersetzte. Mittlerweile hatte sogar Mariellas Verstand begriffen, was ihre Gefühlswelt schon lange wusste – es konnte nicht ihre Bestimmung sein, in diesem verrückten Hamsterrad zu existieren!

Gerade als die die Navi-App geöffnet hatte, um ihren Standort zu ermitteln, poppte eine weiter Benachrichtigung auf. Von Jerome. Ausgerechnet dieser Mistkerl! Mariella wischte sie wütend weg, ohne sie zu lesen.

Was bildete der sich ein? Sie war fertig mit ihm. Beruflich und vor allem privat. Oder ...

Ein absurder Gedanke schoss ihr in den Sinn. Sollte sie ihm vielleicht dankbar sein? Er hatte das sprichwörtliche Fass zum Überlaufen gebracht. Und nur deswegen war sie hier und konnte ganz neu anfangen! Sie hatte keine Ahnung, wie diese Zukunft aussehen mochte, aber Jerome hatte keinen Platz darin.

Die App hatte mittlerweile eine Route berechnet und wies Mariella an der Kreuzung nach links. Von da ab wären es gut 15 Minuten Fußmarsch mehr oder weniger stur geradeaus. Das dürfte sie auch ohne Handy schaffen. Sie schloss die App, ließ alle Nachrichten ungelesen und schaltete das Handy wieder aus.

Knapp zehn Minuten später erreichte sie das Dorf, ging an der Praxis von Doc Howl und an der Dorfkirche vorbei, deren Glocken gerade verkündeten, dass es sechs Uhr abends war.

Bisher war sie vom Regen verschont geblieben, aber nun begann es wieder zu tröpfeln. Als sie am Pub vorbeikam, hörte sie gedämpft herzliches Lachen aus dem Inneren. Aus den Fenstern schien warmes, einladendes Licht. „Wieso nicht mal reinschauen?", dachte Mariella und steuerte die Tür an. Besser als im Regen herumzulaufen.

Sie öffnete die schwere Holztür und betrat den Gastraum. Sofort fiel ihr Blick auf den Mann hinter der Theke. Das war nicht Patrick O'Leary! Der gutaussehende Typ mit dem blonden Wuschelkopf war sicher mindestens 25 Jahre jünger und hatte keine solche Knollennase wie der Wirt.

„Hey, komm doch rein und mach bitte die Tür zu!", rief er ihr lächelnd zu, während er weiter ein Bier zapfte.

Mariella besann sich und schloss eilig die Tür. „Sorry!", antwortete sie und sah sich um. An einem der Tische weiter hinten entdeckte sie Doc Howl, der ihr freundlich zunickte. Sie ging zu ihm hinüber. „Darf ich?"

„Klar doch, immer", erwiderte Howl.

Mariella nahm Platz und warf noch einen Blick zum Tresen, an dem der Blondschopf gerade drei Gläser mit dunklem Bier auf ein Tablett stellte. „O'Leary hat wohl seit Neuestem Unterstützung?"

„Gewissermaßen, wenn auch nur vorübergehend. Das ist Andrew, Patricks Sohn. Er ist mal wieder zu Besuch hier. Eigentlich studiert er drüben in Inverness, kommt aber regelmäßig nach Hause."

„Hmm...", machte Mariella. „Dachte mir gleich, dass er nicht wie der typische Kneipenwirt aussieht."

„Nein, er hat daran nicht wirklich viel Interesse, er hilft manchmal seinem Vater zuliebe mit. Sonst studiert irgendwas mit erneuerbaren Energien."

„Das hat Zukunft, denke ich", meinte Mariella und deutete auf Howls Glas. „Was trinken wir heute?"

„Ein dunkles schottisches Ale, es nennt sich Dark Island und stammt hier von den Orkneys. Ein erstklassiges Bier, vor allem jetzt, wo allmählich die dunkle Jahreszeit beginnt."

„Okay, dann versuche ich das. Mir wurde heute nahegelegt, einfach mal die Dinge laufen zu lassen und es auf mich zukommen zu lassen."

Howl lachte. „Von Heather? Na, damit hat sie recht! Aber beim Laufenlassen solltest du mit dem Bier hier vorsichtig sein." Er lachte wieder und winkte Andrew an der Theke.

Der kam wenig später an den Tisch, um die Bestellung aufzunehmen. „Mensch, Doc! Wen hast du den hier an der Angel?" Er zwinkerte Mariella schelmisch zu. „Ich bin übrigens Andrew."

„Hi, ich bin Mariella", stellte sie sich vor. „Bringst du mir ein Dark Island?"

„Ausgezeichnet, das gibt's heute frisch vom Fass!"

„Der gute Doc hat mich schon aufgeklärt."

„Okay, kommt sofort." Andrews verschwand in Richtung Theke.

Mariella wandte sich wieder Howl zu. „Linda hat dir also erzählt, dass ich bei Heather war? Wo steckt sie eigentlich?"

„Sie ist noch drüben und macht ein bisschen Papierkram fertig. Müsste gleich kommen. Bin gespannt auf ihr Gesicht."

„Wieso?"

„Das merkst du dann schon."

Wie aufs Stichwort betrat Linda den Pub und stürmte sogleich auf die Theke zu. Sie packte Andrew und zog ihn schwungvoll zu sich heran, so dass er beinahe das halbvolle Glas wieder ausschüttete. „Verdammt, wieso hat das so lange gedauert?", schimpfte sie sie aufgesetzt böse. Dann küsste sie ihn innig.

„Okay, ich verstehe", sagte Mariella. „Die beiden sind ein Paar."

„Ja, und Linda wird immer eifersüchtig, wenn er lange nicht da war. Wahrscheinlich denkt sie, er bandelt in Inverness mit einer Kommilitonin an."

„Ich kann die Befürchtung verstehen. Er sieht verdammt attraktiv aus. Gut, dass Linda gekommen ist, sonst hätte ich vielleicht selber angefangen, mit ihm zu flirten", meinte Mariella und warf noch einem Blick auf die beiden Verliebten.

Nun kam Patrick O'Leary aus der Küche und schüttelte den Kopf, als er die beiden an der Theke fand. „Okay, Junge, du bist erlöst. Das wird ja eh nichts mehr. Die Leute verdursten noch und das ist schlecht fürs Geschäft!" Er klopfte seinem Sohn auf die Schulter und schob die beiden sanft von der Theke weg.

„Sorry, Paps!", entschuldigte sich Andrew und schnappte sich das Bier für Mariella. „Machst du uns noch zwei?", fragte er an seinen Vater gewandt.

„Ich glaube, ich muss demnächst zwei Fässer von dem Zeug bestellen. Das geht ja weg wie nichts!", sagte O'Leary und machte sich daran, weitere Gläser zu füllen.

Linda und Andrew kamen derweil zu Mariella und Howls Tisch. „Ihr habt sicher nichts dagegen, oder?", fragte Linda.

„Wenn ihr Turteltauben nicht unter euch sein wollt?", fragte Doc Howl zurück.

„Dafür haben wir später noch genug Zeit. Viel Zeit", sagte Andrew in kryptischem Ton.

Linda sah ihn gleichermaßen misstrauisch wie erwartungsvoll an. „Komm, spuck's aus!", forderte sie.

„Wenn das Bier da ist. Wir wollen anstoßen", erwiderte Andrew.

Keine Minute später hatten alle ein Glas in der Hand und Andrew hob seines in die Höhe. „Auf ein halbes Jahr ungeteilte Zweisamkeit!"

Sie stießen an und tranken.

„Du bleibst hier?", fragte Linda etwas ungläubig.

„Ich bin für ein Projekt hier auf der Insel ausgewählt worden. Du weißt ja, sie testen an der Küste immer wieder neuartige Wellen- und Strömungskraftwerke. Ich darf neue Prototypen betreuen. Das ganze dauert mindestens ein halbes Jahr. Und wenn es gut läuft, wird noch mal um drei Monate verlängert."

„Das ist großartig!", freute sich Linda und fiel ihm um den Hals.

„Glückwunsch, Andrew! Ich wusste immer, dass du was auf dem Kasten hast. Auch wenn du als Kind nur Flausen im Kopf hattest", sagte Howl.

„Irgendwann wird jeder erwachsen. Zumindest ein bisschen", erwiderte Andrew gelassen.

„Auch von mir herzlichen Glückwunsch", stimmte Mariella ein. „Ich freue mich für euch, ihr seid ein zuckersüßes Paar."

„Danke", antwortete Andrew. „Und was führt dich her? Die Touristensaison ist doch längst vorbei."

„Ich wohne jetzt hier ... schätze ich."

Andrew zog die Augenbrauen hoch. „Freiwillig?

Oder bist du auf der Flucht vor dem Gesetz?", scherzte er.

„Mariella will Viehzüchterin werden. Zwei Kühe hat sie schon", meinte Linda mit hörbarem Amüsement in der Stimme.

„Von wegen!", protestierte Mariella. „Du hast mein Talent ja erlebt. Ich bringe die Kühe demnächst zum Bauern zurück, das ist nichts für mich." Sie schüttelte den Kopf und wandte sich Andrew zu. „Nein, ich hab das Haus von Eleanor geerbt, ich bin ihre Enkelin."

„Ouh", machte Andrew und zog die Silbe unnatürlich in die Länge, so dass es beinahe wir ein Schmerzlaut klang. „Dann wohnst du mit William zusammen. Na, da wünsch ich dir gute Nerven. Der Kerl ist sicher kein bequemer Mitbewohner. Oder hast du ihn rausgeworfen?"

„Hör nicht auf ihn", sagte Linda hastig. „Andrew und William sind nicht unbedingt die besten Freunde. Auf seine Meinung kannst du in der Hinsicht nicht viel geben."

Andrew machte eine wegwischende Handbewegung. „Ja, du hast recht! Ich bin ein sturer Esel. Und William auch. Womit wir wieder bei der Viehhaltung wären."

„William und ich werden uns schon zusammenraufen", sagte Mariella zuversichtlich und lächelte.

„Ganz recht, lassen wir das", stimmt Howl zu und wechselte das Thema. „Erzähl mir noch ein bisschen von diesem Energieprojekt, Andrew. Das klingt, als könnte es uns Arbeitsplätze auf die Insel bringen."

„Definitiv! Wir haben ja so heftige Wellen und Strömungen hier. Sollten sich diese Anlagen hier behaupten, dann sind sie quasi überall einsetzbar. Und wenn man sie richtig skaliert, kann man damit ganze Atomkraftwerke ersetzen!"

„Darauf trinken wir!", sagte Howl und hob sein Glas.

Auch Mariella nahm noch einen Schluck Bier. „Das schmeckt wirklich gar nicht übel."

„Sage ich doch!", erklärte Howl. „Das beste Bier kommt sowieso von Orkney. Du wirst schon sehen, welche Schätze wir hier haben."

Mariella spürte ein wohlig warmes Gefühl in ihrem Bauch, das gleichermaßen vom Alkohol wie von der Herzlichkeit der Leute kommen mochte. Zum ersten Mal kam ihr der Gedanke, dass das hier mehr als nur ein Versteck vor dem toxischen Umfeld sein könnte, das ihr zuletzt immer mehr die Kraft geraubt hatte. Es war ein Geschenk, dass sie hier sein konnte. Und sie beschloss, es aus ganzem Herzen anzunehmen, egal, was kommen mochte.

„Noch eine Runde?", fragte Andrew.

„Oh, Leute, ich habe den gestrigen Abend noch nicht mal richtig verdaut! Und wer wird mich heimschaffen, wenn ich nicht mehr geradeauslaufen kann?"

„Ein ganz normales Phänomen hier", sagte Andrew lachend.

„Das regeln wir später", erklärte Linda. „Ich hab dir doch schon mal erklärt, dass wie aufeinander acht geben."

„Eins noch, dann ist aber Schluss", bestimmte Mariella und leerte ihr Glas.

16

Staub tanzte im Sonnenlicht, das durch die bunten Kirchenfenster ins Innere der kleinen Dorfkirche fiel. Drinnen roch es nach alten Büchern, vergilbtem Leinen und einem Hauch Politur. Im hinteren Bereich beugte sich Pfarrer MacDougall mit hochgekrempelten Ärmeln über Kisten voller Spenden – Kleidung, Porzellan, Bücher.

Gerade wandte er sich einer Schachtel mit Männerschuhen zu. „Also, das hier ist ein Fall von modischer Sünde aus den Siebzigern", murmelte er und hielt ein Paar Lederstiefel hoch, die aussahen, als hätte jemand sie aus dem Fundus einer Westernproduktion gerettet.

Mariella lachte leise, während sie einen Stapel Cordhosen nach Größen sortierte. „In Berlin wäre das schon wieder total angesagt, da könnten wir sicher mehr verlangen als hier."

William stand daneben, über ein geblümtes Hemd gebeugt, das ihm offenbar nicht geheuer war. „Wieso hab ich mich von Linda nur zu dieser Aktion überreden lassen", sagte er trocken. „Und dann taucht sie selbst nicht mal auf. Weil Andrew spontan gekommen ist. Andrew, dieser ..."

„Du musst das Hemd ja nicht anziehen", unterbrach Mariella William eilig, bevor er weiter schimpfen konnte.

„Ach, wieso probierst du es nicht mal an", meinte der Pfarrer. „Trost liegt oft in den kleinsten Dingen – manchmal auch in einem schlechten Modegeschmack." Er sah die beiden abwechselnd über den Rand seiner Brille hinweg an, die schief auf seiner viel zu großen Nase saß. „Wie läuft es denn so? Habt ihr zwei euch zusammengerauft?", fragte er frei heraus. „Oder kann ich vielleicht helfen, die Familienbande zu knüpfen?"

William seufzte. „Lassen Sie es gut sein, MacDougall, ich habe nicht die geringste Lust auf ein Seelsorgegespräch. Haben wir nicht genug mit den alten Tassen und den Modesünden zu tun?"

„Wir ...", setzte Mariella an. „Ach, wissen Sie, es ist alles nur ein wenig ... kompliziert."

„Die Dinge sind oft kompliziert, bevor sie klar werden", erwiderte der Pfarrer. Dann lächelte er, weich. „Aber Gott ist gut darin, die Komplikationen des Lebens in Trost zu verwandeln."

Mariella schaute auf ein Paar struppiger Wollhandschuhe. Auf eine Diskussion darüber, was Gott womöglich konnte und was nicht, wollte sie eigentlich nicht einsteigen. Mit der Kirche hatte sie nie wirklich viel am Hut gehabt. „Ich weiß nicht, ob ich Trost von Gott erhalte – oder überhaupt möchte", sagte sie leise.

MacDougall nickte, ohne Empörung, ohne Missionarseifer in den Augen. „Du bist nicht allein mit dieser Frage. Aber manchmal kommt Trost nicht nur von ganz oben, sondern durch irdische Dinge, durch Menschen, Begegnungen, auch Insekten."

William hob die Augenbrauen. „Oh, bitte! Nicht wieder Insekten." Er schüttelte den Kopf.

Nun leuchteten MacDougalls Augen. „Wusstet ihr, dass es Wespenarten gibt, die ihre Larven in Wanzen legen, aber nur in solche mit leicht asymmetrischer Panzerung? Sie spüren Unvollkommenheit. Das finde ich göttlich. Im besten Sinn."

William schnaubte und trat einen Schritt zurück. „Irgendwann wird's sogar einem Dichter zu fantastisch." Er ließ die Klamotten sinken, steuerte die Seitentür der Kirche an und verschwand ohne ein weiteres Wort ins Freie.

Mariella sah ihm nach, zuckte leicht die Schultern und wandte sich dem Pfarrer zu. „Ist sicher ein faszinierendes Hobby, aber ich mache mal mit den Bücherkisten weiter, okay?"

„Ja, natürlich, ich weiß sehr wohl, dass nicht jeder meine Leidenschaft teilt."

Sie blätterte durch alte Romane, Kirchenführer, einen zerfledderten Taschenatlas. Dann fiel ihr Blick auf ein dünnes, gebundenes Buch mit abgegriffenen Kanten: „Der kleine Prinz".

Etwas an dem Einband wirkte anziehend, es kribbelte ihr plötzlich in den Fingern. Fast ehrfürchtig schlug sie es auf. Auf der ersten Seite, in verblasster, geschwungener Handschrift, stand:

„Für Gavin – damit du nie vergisst, dass das Wesentliche für die Augen unsichtbar ist. In Liebe – Eleanor"

Ein feines Zittern ging durch Mariellas Finger. Sie las den Satz noch einmal. Und noch einmal. Das war ein Echo aus einer anderen Zeit, als die Welt für Eleanor und Gavin womöglich noch in Ordnung war.

Sie hob das Buch an, hielt es dem Pfarrer hin. „Darf ich …? Ich würde es gern behalten."

Er betrachtete die Widmung und nickte langsam. „Nimm es. Es gehört zu dir."

„Danke. Ich lege nachher etwas die Spendenkasse."

Dann schloss sie das Buch und hielt es an ihre Brust. Sie wusste nicht, wieso, aber diese Zeilen hatten ihr mehr Trost gespendet, als es der Pfarrer trotz seiner sicher ehrlichen Bemühungen gekonnt hätte. Oder war das Finden des Buches womöglich doch ein übernatürliches Zeichen gewesen?

***

Das kühle Licht des Vollmonds am sternenklaren Himmel erhellte das Rund aus Monolithen. Mehrere Meter hoch standen sie regungslos und warteten – seit Jahrtausenden! Ihre Schatten ragten weit ins Land und formten dunkle Strahlen. Die Welt war ein Stillleben in Blau und Schwarz.

Der Wind trug vom Meer den Klang von Trommeln und Gesang heran.

Und die Steine antworteten. Sie säuselten und summten, so als bildeten sie komplexe Harmonien zur Stimme des Windes. Während das Summen und Säuseln anschwoll, die Stimmen immer näher kamen und die Trommeln dumpf wummernd einem Höhepunkt entgegenfieberten, kam zaghaft Nebel aus. Er breitete sich über das Moos und Gras am Boden wie eine sanfte Decke.

Mariella stand mitten in diesem Kreis aus felsgewordener Geschichte und spürte keinerlei Schwere mehr. Ihr kam es vor, als wäre die körperliche Existenz völlig von ihr abgefallen, als verweile sie in einem transzendenten Zustand, von dem sie weder wusste, wie sie in ihn hinein geraten sein mochte, noch welcher Weg wieder herausführte.

Stille kehrte ein. Trommeln und Gesang verstummten und auch die Steine schwiegen.

Ein Geist huschte zwischen den Monolithen umher, kaum mehr als eine flüchtige Erscheinung aus Nebel und Licht. Keine Kontur, kein Anfang und kein Ende, aber eine reine Energie, die Mariella spüren konnte.

Dann war ein Flüstern zu hören. Von wo kam es? Aus den Steinen? Aus dem Nebel? Konnte sie es wirklich hören oder war es nur ein Widerhall in ihrem Geist?

Sie drehte sich im Kreis. Die Welt verschwamm hinter den Steinen. Es gab nur noch diesen Ort, kein Diesseits und kein Jenseits mehr. Oder war dies das Jenseits?

Das Flüstern erklang wieder. Unbekannte Wort in einer Sprache, die sie noch nie gehört hatte.

Mariella wollte rufen, fragen, was man ihr mitzuteilen versuchte. Doch sie war nicht fähig dazu – ihr Mund war wie verklebt, ihre Stimme versagte.

Dann hörte sie ihren Namen.

„Wer ist da? Was wollt ihr?", dachte sie.

„Lieben heißt Vergeben", flüsterten die Steine.

„Vergeben bringt Freiheit", antwortete der Wind.

„Freiheit heißt Erlösung", stimmten die Steine an.

„Erlösung braucht Liebe", wisperte der Wind.

Dann senkte sich Stille über das Land und der Himmel war nicht mehr – noch war die Erde.

***

Als Mariella am nächsten Morgen nach unten in den Wohnbereich kam, war William bereits dabei, den Frühstückstisch zu decken. Sie war überrascht, zu sehen, dass er nicht nur für sich allein, sondern für sie mit deckte.

„Morgen!", begrüßte sie ihn und schenkte ihm ein Lächeln, während sie am Esstisch in die Küche ging. „Oh, du hast sogar schon Kaffee gekocht?", stellte sie erstaunt fest. „Heute muss mein Geburtstag sein."

„Möglich. Ich weiß ja nicht mal, wann du Geburtstag hast. Ist es denn heute?", fragte William.

„Nein, nicht ganz. Es ist der 12. April."

„Knapp daneben. Wär auch ein merkwürdiger Zufall gewesen."

„Wieso?", hakte Mariella nach.

„Weil heute Eleanors Geburtstag ist – oder vielmehr wäre."

Mariella nickte. „Tut mir leid, das hatte ich nicht gewusst. Aber ich denke, dann sollten wir diesen Tag in Ehren halten. Am besten nutzen wir ihn, um unsere Meinungsverschiedenheiten zu überwinden, oder? Ich wollte sowieso mit dir reden."

„Ist schon gut, ich weiß, dass ich oft sehr emotional reagiere. Ich kann eben nicht aus meiner Haut."

„Danke für den Kaffee jedenfalls, das ist ein perfekter Start in den Tag."

„Freu dich nicht zu früh, ich hab praktisch keine Erfahrung im Kaffeekochen. Es könnte also sein, dass er dich umbringt."

„Das glaube ich kaum. In Berlin hatte ich eine Kollegin in der Agentur, die hat auch immer versucht, uns mit einem Koffeinschock zu töten. Ohne Erfolg."

„Bringst du noch die Marmelade mit aus dem Kühlschrank?", bat William und stellte einen Korb mit Brot auf den Tisch.

Mariella nahm die Kaffeekanne und holte die Marmelade, dann setzte sie sich zu William an den Tisch. Eine Weile saßen sie schweigend da und frühstückten. Mariella überlegte, wie sie am besten das Gespräch eröffnen sollte.

Die Briefe würde sie – wie schon in den letzten Tagen – auf keinen Fall erwähnen. Sie hatte begriffen, dass sie damit an einen wunden Punkt bei William rühren würde – und er hatte weiß Gott genug mit dieser Vergangenheit zu hadern.

Der seltsame, mystische Traum in dieser Nacht kam ihr in den Sinn, in dem sie einen alten Steinkreis gesehen hatte, der sie auf gewisse Weise an Stonehenge erinnerte. Vielleicht war dieser Kreis eine antike keltische Hinterlassenschaft und sogar noch viel älter als das bekannte Monument weiter südlich.

Mariella legte ihren Marmeladentoast weg und

wandte sich an William. „Sag mal, gibt es hier auf der Insel eigentlich besondere Sehenswürdigkeiten?"

William stellte seine Teetasse ab und sah Mariella fragend an. „Meinst du etwas Bestimmtes? Wir haben einige Kirchen, Destillerien, das Orkney Museum, antike Ruinen oder Kultstätten und natürlich auch besonders schöne Orte in der Natur."

„Diese Ruinen und Kultstätten, ist darunter auch so ein Steinkreis mit hohen, schmalen Stelen?"

William nickte. „Ja, es gibt den Ring of Brodgar – einer meiner Lieblingsorte. Diese Stätte stammt aus der Neusteinzeit und wurde vermutlich vor über 4500 Jahren errichtet. Er ist damit genauso alt oder noch älter als die großen Pyramiden in Ägypten."

„Du kennst dich gut aus. Aber das wundert mich nicht, wenn es einer deiner Lieblingsorte ist. Würdest du ihn mir zeigen?"

Einen Moment zögerte William, so als überlege er, ob das eine gute Idee war, dann nickte er. „Okay. Aber wieso fragst du danach?"

„Weil ich solche Steine letzte Nacht im Traum gesehen hab, was natürlich merkwürdig ist, da ich ja noch nie dort gewesen bin und den Ort überhaupt nicht kennen kann. Aber es wirkte alles so hyperreal, so als wäre das gar kein Traum, sondern eher ..." Mariella brach ab. Sie fand kein Wort, das die seltsame Erfahrung beschreiben könnte.

„Eine Astralprojektion?", fragte William.

„Ähm, also ... keine Ahnung."

William schmunzelte. „So würde Heather das zumindest nennen. Sie hat mir mal erklärt, dass es eine Art außerkörperliche Erfahrung gibt, bei der die Seele an einen anderen Ort reist, während der Körper zurückbleibt."

„Und denkst du, dass es sowas gibt?"

„Früher nicht. Aber seit Eleanor gestorben ist, hab ich die eine oder andere verwirrende Erfahrung gemacht."

„Dann muss an der Sache etwas dran sein!", sagte Mariella bestimmt. „Seit ich hier bin, erscheint sie mir in Träumen oder nimmt mich mit an spezielle Orte. Sie führt mich und ich denke, sie will mir etwas mitteilen."

„Und … was denkst du, ist das?"

„Ich bin mir noch nicht sicher. Vielleicht will sie, dass ich meine Wurzeln finde, dass ich diese Seite der Familie kennenlerne und verstehe, woher ich komme – zumindest teilweise. Ganz ehrlich gesagt, hatte ich immer ein bisschen das Gefühl, unvollständig zu sein, und dass ich nicht genau ergründen konnte, was mein Weg ist. Langsam dämmert mir, dass ich mein Ziel nicht kannte, weil ich nicht wusste, wo der Weg begann. Oder klingt das jetzt zu bescheuert?"

„Nein, das klingt überhaupt nicht bescheuert", versicherte William und setzte ein Lächeln auf. „Ich kann das sehr gut verstehen. Und es sähe Eleanor ähnlich, dass sie dir dabei helfen will. Womöglich steckt noch mehr dahinter. Aber darüber reden wir ein anderes Mal."

„Gerne", stimmte Mariella zu und lächelte zurück. „Also gehen wir gleich nach dem Frühstück los? Zum Ring of Brodgar?"

„Ja, warum nicht? Wir können zu Fuß gehen, das sind gut eineinhalb Stunden. Du dürftest dich ja mittlerweile an das Wetter gewöhnt haben, oder?"

„Gewöhnt wäre vielleicht etwas zu viel behauptet, sagen wir besser, ich habe es akzeptiert."

17

Mariella und William waren bei ihrer Wanderung zum Ring of Brodgar an diesem Vormittag von Regen verschon geblieben. Die Temperatur lag zwar nur bei frischen neun Grad, aber das war auszuhalten gewesen. Nun liefen sie nordwestwärts über eine Bücke, die auf jene Landzunge führte, auf der der Steinkreis lag. Der schmale Streifen Land trennte die beiden Seen Loch of Harray und Loch of Stenness voneinander, die sonst gemeinsam einen größeren See gebildet hätten.

Vermutlich war der Ring of Brodgar bewusst an dieser landschaftlich ungewöhnlichen Stelle errichtet worden. Mariella versuchte, sich beim Näherkommen an ihren Traum zu erinnern und herauszufinden, ob es sich tatsächlich um den gleichen Ort handelte. Aber in ihrem Traum – oder war es doch eine Seelenreise gewesen? – hatte tiefe Nacht geherrscht und vom Umkreis der Kultstätte war nicht viel zu erkennen gewesen. Aber sie wusste noch, dass das Wasser nicht weit weg gewesen war. Nur hatte sie es für das Meer und nicht für einen See gehalten. Die Lage hier konnte also tatsächlich stimmen.

Als sie bis auf 50 Meter an den Kreis herangekommen waren, fiel Mariella der größte Unterschied auf. In ihrem Traum waren es viel mehr Steine gewesen, der Ring war nicht durch zahlreiche Lücken durchbrochen gewesen, so wie es nun der Fall war. Dennoch war sie sich sicher, den Platz wiedergefunden zu haben. Zu markant waren die Steine und zu vertraut das Gefühl, das sie bei ihrem Anblick überkam. Für einen winzigen Augenblick hörte sie wieder das Säuseln und Summen in ihrem Kopf, aber es verflog so rasch, wie es gekommen war.

„Das ist es", sagte sie zu William, als sie den Ring of Brodgar erreichten, der an diesem Morgen menschenleer in der Landschaft lag. „Das ist der Ort aus meinem Traum. Es sieht alles ein wenig anders aus, aber trotzdem erkenne ich es wieder."

„Waren es mehr Steine?"

„Ja, woher weißt du das?", fragte sie überrascht.

„Nur so eine Vermutung", erwiderte William.

„Erzähl mir mehr über diesen Kreis, bitte."

„Ich bin kein Historiker, aber ich sag dir gern, was ich weiß." Während sie zwischen den Steinen umhergingen, begann er zu erzählen. „Von den ursprünglich einmal 60 Steinen sind leider nur noch 27 erhalten, sie stehen in einem Kreis von gut 100 Metern Durchmesser. Wozu dieser Ort einmal gedient hat, ist nicht genau bekannt, aber er ist Teil von mehrern Stätten in dieser Gegend, die alle zum Weltkulturerbe zählen. Nicht weit weg liegen noch die Stones of Stenness, die Siedlung von Barnhouse, die Reste vom Ring of Bookan und mehrere große sogenannte Standing Stones. Du siehst, was das angeht, hat Orkney einiges zu bieten."

„Ich muss zugeben, ich finde es faszinierend, an einem Ort zu stehen, den Menschen vor vier oder fünf

Jahrtausenden errichtet haben, selbst wenn der Zweck nicht klar ist, muss es für sie eine immense Bedeutung gehabt haben. Wie lange mögen sie hier gearbeitet haben, bevor diese Stätte fertig gestellt war?"

„Ich schätze, einige Jahre. Der Steinbruch, aus dem die Steine stammen, ist mehr als fünf Kilometer entfernt. Sie mussten diese tonnenschweren Brocken erst mühsam hierher transportieren. Das allein zeigt, wie sehr sie an die Bedeutung ihres Tuns geglaubt haben müssen. Und wer weiß, vielleicht hatten sie damals noch leichter spirituellen Zugang und deshalb ganz selbstverständlich erkannt, was zu tun ist."

Mariella überlegte eine Weile schweigend, dann setzte sie neu an. „Es scheint mir auf jeden Fall ein spiritueller Ort zu sein, auch wenn ich dieses Wort nie gemocht habe. In meinem Traum hörte ich Summen, unbekannte Stimmen, Trommeln. Und mir war, als käme zumindest ein Teil direkt aus diesen Steinen."

William nickte und strich mit der rechten Hand über einen der Steine. „Nenn es einen Kraftort, wenn dir das besser gefällt."

„Ja, das passt irgendwie. Ich spürte Kräfte. Sie waren nicht greifbar, nicht körperlich, aber sie wollten mir etwas sagen." Sie ging ins Zentrum des Kreises und drehte sich um sich selbst, so wie sie es in ihrem Traum getan hatte. „Ich stand genau hier und die Stimmen kamen von überall."

„Was haben sie gesagt?", wollte William wissen.

„Erst habe ich nichts verstanden, weil sie in einer

unbekannten Sprache gesprochen haben. Vielleicht war das Gälisch?"

„Das glaube ich kaum. Gälisch ist zu neu und basiert auf dem Altirischen. Es wurde hauptsächlich im Mittelalter gesprochen. Es muss ein nicht überlieferter Vorgänger gewesen sein."

„Du hast dich auch damit schon befasst?"

„Ich kann Gälisch. Und das hier ist mindestens 2000 Jahre älter als die frühesten Formen davon. Aber zurück du deinem Traum. Du sagtest, am Anfang hast du die Stimmen nicht verstanden. Das hat sich dann geändert?"

Mariella nickte. „Richtig. Am Ende war da dieses kleine Gedicht." Sie schloss die Augen und versuchte, sich exakt zu erinnern, wie die Worte lauteten. Als sie die Augen wieder öffnete, blickte sie in Williams überaus interessiertes Gesicht. „Soll ich es dir vortragen?"

„Bitte!"

„Okay, es ging in etwa so: Lieben heißt Vergeben. Vergeben bringt Freiheit. Freiheit heißt Erlösung. Erlösung braucht Liebe."

William schüttelte ungläubig den Kopf.

„Was ist denn? Gefällt es dir nicht? Es ist nicht von mir."

Statt einer Antwort holte William sein in Leder gebundenes Notizbuch heraus. Er blätterte durch die Seiten und schlug dann eine Seite ziemlich in der Mitte auf. Er hielt ihr das Buch hin.

Mariella erkannte auf der linken Seite eine Zeichnung des Steinkreises – und soweit sie es erkennen konnte, waren es die vollständigen 60 Steine. Auf der rechten Seite daneben standen in geschwungener Handschrift genau die Zeilen, die Mariella gerade vorgetragen hatte.

„Das gibt es doch nicht!", sagte Mariella verblüfft. „Ich ..." Sie stutzte und wusste auf einmal nicht mehr, was sie eigentlich sagen wollte. Ihr war, als verschwimme die Welt außerhalb der Steine. Wie ein Karussell drehte sich der Steinkreis auf einmal. Das Summen aus ihrem Traum war wieder da, auch die Trommeln und das leise Wispern kamen zurück. Plötzlich waren da nun noch William und sie. Instinktiv ergriff sie seine Hand, wollte sich an ihm festhalten.

Er drückte ihre Hand und zog sie zu sich heran.

„Lieben heißt Vergeben", flüsterte sie.

„Vergeben bringt Freiheit", antwortete er.

„Freiheit heißt Erlösung", sagte Mariella nun schon lauter.

„Erlösung braucht Liebe", antwortete William.

Das muss Seelenverwandtschaft sein, schoss es Mariella in den Sinn. In diesem Moment hatte sie das Gefühl, dass sie niemals jemanden näher gekommen war, dass sie William alles sagen konnte, alles, was sie einst tief in sich begraben hatte.

Aber, da war mehr! Sie verspürte auf einmal das Verlangen, ihn zu küssen. Wie in Zeitlupe näherte sie sich ihm. Auch er schien es zu spüren.

Dann hielt sie abrupt inne. Was zur Hölle tat sie da?! Das war so falsch, wie es nur sein konnte!

Sie riss sich los und taumelte davon.

Das Karussell der Steine bremste und die Welt wurde wieder klarer.

Mariella rannte los, ohne zurückzublicken. Nach wenigen Sekunden war sie aus dem Ring heraus und merkte, wie das Herz in ihrer Brust hämmerte.

So laut wie die Glocken in einem Kirchturm, schallte nur ein Gedanke durch ihren Kopf: Nur weg von hier, weg von diesem verhexten Ort!

18

Wie im Blindflug war Mariella von der schmalen Landzunge herunter und dann querfeldein über schlammige Wiesen gerannt. Dabei hatte sie einige friedlich grasende Kühe und Schafe in Aufruhr versetzt, jedoch selbst kaum davon Notiz genommen.

Sie wusste nicht genau, wie lange sie schon davonrannte, sie wusste im Grunde überhaupt nichts mehr, nur dass ihre Seite stach und ihre Lunge brannte. Allmählich wurde sie langsamer, stolperte durch einen Graben auf eine Straße und hörte im nächsten Moment schrilles Reifenquietschen und Knirschen hinter sich. Das Geräusch riss sie endlich aus ihrer panikartigen Flucht. Sie fuhr herum und sah einen dunkelgrauen Jeep schräg auf der Fahrbahn stehen, das eine Rad fast im Graben. Der Wagen hatte keine zwei Meter hinter ihr gehalten.

Sie sackte auf die Knie und keuchte heftig. Wie sehr sie auf einmal erschöpft war!

Der Fahrer stand offenbar ebenfalls unter Schock, denn er brauchte noch einige Sekunden, bis er ausstieg und dann umso eiliger zu Mariella nach vorne ging.

Erst jetzt sah sie auf und bemerkte, dass sie den Mann kannte. Es war Andrew O'Leary, den sie vor Kurzem im Pub kennengelernt hatte.

Er ging neben ihr in die Hocke und legte ihr die

Hand auf die Schulter. „Um Himmels willen, was ist denn los? Vor wem rennst du weg?"

Mariella öffnete den Mund, brachte aber kein Wort heraus. Ihre Kehle war knochentrocken. Selbst wenn sie ihm in diesem Moment hätte sagen können, warum sie wie von der Tarantel gestochen durch die Gegend gerannt war, es ergab plötzlich alles keinen Sinn mehr. Sie vermochte es ihm nicht zu erklären, denn sie wusste selbst kaum, warum sie so panisch reagiert hatte. Oder vielmehr, wie sie überhaupt in diese absurde Situation geraten war, die sie hatte wegrennen lassen. Sie konnte Andrew, den sie ja kaum kannte, nicht die Wahrheit sagen. „Ich ...", presste sie hervor, als sie merkte, dass Andrew sie immer noch äußerst besorgt anstarrte.

„Ja? Jetzt sag schon!", forderte er und stand auf, um ihr dann auf die Beine zu helfen.

„Ich weiß nicht, wie ich es erklären soll", sagte sie und wusste, dass das die bestmögliche und am ehesten wahrheitsgemäße Antwort war.

„Aber ... du musst doch ...", setzte Andrew an und verstummte. Dann blickte er plötzlich auf einen Punkt hinter Mariella. „Hat er etwas damit zu tun?", fragte er nun in deutlich kühlerem Ton und machte einen Schritt vor.

Mariella wandte sich ebenfalls um und sah, dass William mit schnellen Schritten über die Wiese geeilt kam.

„Was hat der Dreckskerl getan?", hakte Andrew nach und kniff die Augen zusammen.

„Oh Gott, nichts", beeilte sich Mariella, zu sagen.

„Er hat gar nichts getan, wir waren nur wandern, zu dem Steinkreis ... der Ring weiter hinten an den Seen."

Andrew schüttelte den Kopf, so als glaube er ihr kein Wort, aber er widersprach nicht.

William war mittlerweile bis auf 20 Meter an sie herangekommen und blieb dann mitten auf der Wiese stehen. Offenbar hatte er nun Andrew erkannt. Einen Moment sahen sich die beiden Männer über die Entfernung hinweg feindselig an, dann drehte William sich um und ging zurück in die Richtung, aus der er gekommen war.

„Ich fresse nen Besen, wenn der komische Vogel nichts damit zu tun hat", sagte Andrew bestimmt.

Mariella hatte sich endlich wieder komplett gefangen und schüttelte den Kopf. „Lass gut sein. Ich hab total überreagiert, William hat wirklich nichts gemacht. Das war alles ein dummes Missverständnis!" Sie lächelte verlegen.

„Na, wenn du meinst", entgegnete Andrew. „Vielleicht hab ich auch überreagiert. Weißt du, William und ich ... wir sind nicht gerade gute Freunde. "

„Das hab ich schon gehört, scheint ja allgemein bekannt zu sein", sagte Mariella und versuchte, Lockerheit in ihre Stimme zu legen.

Nun setzte auch Andrew ein Lächeln auf. „Schwamm drüber. Kann ich dich ein Stück mitnehmen? Ich bin auf dem Rückweg von einem Check unserer Versuchsanlagen."

„Oh, ich will keine Umstände machen, ich finde schon zurück", wehrte Mariella ab, die befürchtete, dass Andrew sie auf der Fahrt vielleicht noch einmal zu ihrem merkwürdigen Verhalten befragen würde.

„Damit du nochmal jemandem vors Auto läufst? Nein, nein, das kommt nicht in Frage. Ab in den Wagen mit dir!", sagte er mit entwaffnender Freundlichkeit.

„Nur, wenn es für dich echt kein Umweg ist."

„Ist es nicht. Die Insel ist klein, von daher sind Umwege ja nie richtig schlimm."

„Okay, dann gerne. Ich muss zugeben, dass ich etwas außer Puste bin."

Andrew ging zur Beifahrertür und hielt sie ihr gentlemanhaft auf.

„Oh, wie zuvorkommend, der Herr", bedankte sie sich förmlich und stieg ein.

„Kein Problem. Ich fahr dich flink heim, dann bist du noch vor dem alten Kauz dort."

„William ist echt in Ordnung. Nur unzugänglich", sagte Mariella milde und legte den Sicherheitsgurt an.

„Na, warte mal ab, bis er dich mal tief enttäuscht oder dich hintergeht, dann reden wir weiter", erklärte Andrew, startete den Wagen und fuhr los.

Mariella beschloss, das Thema nicht zu vertiefen, sondern lenkte lieber ab. „Wie läuft denn dein Projekt mit den Wellenkraftwerken?", fragte sie und merkte sogleich, wie sich Andrews Gesicht aufhellte.

„So weit, so gut. Heute ist ja der erste Tag und es ist noch nichts schiefgegangen, von daher kann man wohl hochzufrieden sein", begann, er zu erzählen.

Mariella hörte aufmerksam zu und stellte weitere

Fragen, auch wenn sie die technischen Details nicht wirklich verstand.

Sie brauchten mit dem Wagen keine fünf Minuten bis zu ihrem Haus und sie war sich sicher, dass sie es deutlich schneller als William hierhergeschafft hatten, was ihr sehr recht war. Zwar wusste sie, dass sie den Vorfall mit ihm besprechen musste, aber nicht jetzt, nicht heute.

Sie dankte Andrew und winkte ihm zum Abschied. Dann ging sie ins Haus, holte sich Kekse und Schokolade aus dem Vorratsschrank und verzog sich in ihr Schlafzimmer. Dort würde sie bleiben, bis sie sich einen Reim darauf gemacht hatte, was heute Vormittag passiert war. Oder bis sie den Mut hatte, William danach zu fragen, was er von der Sache hielt.

Sie schloss die Tür hinter sich und drehte den Schlüssel herum. Aus ihrer Tasche kramte sie den alten iPod samt Kopfhörern, den sie seit mehr als zehn Jahren mit sich herumschleppte, und der einfach nicht kaputt gehen wollte. Außerdem hatte sie darauf ihre ganzen Lieblingsplaylists gespeichert. Und sie wusste auch schon genau, welche sie nun auswählen würde, während sie nachdachte.

Sie steckte sich die Kopfhörer in die Ohren und warf sich aufs Bett. Der erste Song startete. Es war „Song 2" von Blur. Der Text war die blanke Verwirrung, kryptisch, ein wenig irre. Sie hatte ihn nie wirklich ergründen können, aber auf einer seltsamen emotionalen Ebene sprach er sie an.

Und genauso fühlte sie sich öfter, als ihr lieb war: verwirrt. Sie schloss die Augen und versank in den

Schrammeligen Gitarrenriffs und dem klagenden Gesang.

„I got my head checked by a jumbo jet. It wasn't easy. But nothing is. No."

19

Als Mariella am nächsten Morgen sehr früh in die Küche kam, war es draußen noch stockdunkel. Die Uhr zeigte erst 4:15 Uhr, doch das war Mariella im Moment herzlich egal. Sie hatte es im Bett einfach nicht mehr ausgehalten, nachdem sie den Rest des letzten Tages sowie die ganze Nacht in ihrem Zimmer verbracht hatte, um Klarheit über ihre Gedanken und Gefühle zu erlangen. Nun schien ihr Maß an Untätigkeit endgültig voll zu sein. Das Zimmer war ihr zu eng geworden und die Gedanken hatten sich zunehmend im Kreis gedreht ohne den rettenden Fixpunkt zu finden.

Mariella löffelte, noch halb wie in Trance, die Bohnen in die elektrische Kaffeemühle und verharrte dann. Das Ding war laut. Wenn sie es einschaltete, würde sie eventuell William aufwecken. Wollte sie das? Sie zuckte instinktiv mit den Schultern.

In der letzten Nacht war ihr nur eines klar geworden: Sie konnte William nicht ewig aus dem Weg gehen. Egal, wie peinlich, aufwühlend oder verwirrend die nächste Begegnung sein mochte. Der Kerl war ihr Halbbruder! Sie wohnten hier zusammen. Und sie konnte weiß Gott nicht immer weglaufen, wenn sich Probleme ergaben. Sie hasste diesen Zug an sich. Sie hatte ihn wohl geerbt – von ihrem Vater. Ob sie nun wollte oder nicht. Das war keine Lösung!

Aber ein wenig fürchtete sie sich immer noch, dass wieder etwas derart Seltsames passieren könnte, wie in dem Steinkreis gestern.

Sie wischte den Gedanken beiseite. Das war Unsinn! Nun drückte sie den Knopf der Kaffeemühle und grummelndes Knirschen und Rattern erfüllte sie Küche. In der Stille des Morgens kam es ihr vor, als sei gerade jemand mit einer Motorsäge in den Raum gestürmt.

Nach zehn Sekunden war der Lärm vorbei, Mariella gab das Pulver in die French Press und goss das heiße Wasser aus dem Kocher auf. In fünf Minuten hatte sie eine dampfende Tasse Kaffee in Händen und dann sah die Welt schon wieder besser aus.

Sie schlenderte zum Esstisch, auf dem immer noch die Dose stand, die sich auf der Weide ausgegraben hatte. Oder stand sie wieder dort? Sie dachte eigentlich, sie hätte sie in den Schrank geräumt. Nein, sie war sich sogar sicher, dass sie das getan hatte.

Der Deckel stand offen und Mariella warf einen Blick hinein. Die Dose war nicht mehr leer. Ein einzelnes Blatt lag darin. Es enthielt ein kurzes Gedicht, von Hand geschrieben.

Als sie hineingriff und es herausnahm, spürte sie ein leichtes Kribbeln in den Fingerspitzen. Plötzlich sah sie, wie sich gegenüber am Tisch eine geisterhafte Erscheinung manifestierte.

Eleanor saß am Küchentisch und blickte sie mit mitfühlenden Augen an.

Nun hörte Mariella eine Stimme, eine warme, angenehme Stimme, die direkt zu ihrer Seele sprach und nichts als Trost und Liebe verhieß, selbst wenn die Worte Traurigkeit verströmten.

„Melancholisch verklärt lasse ich den Blick schweifen ... über schäumende Wogen bis zum Horizont ... über endloses Ozeangrau. Ich spüre Sehnsucht in mir nach etwas, das ich nicht in Worte fassen kann. Mache einen Schritt in das Nass und weiß, ich darf keinen zweiten gehen."

Ihre Stimme verklang und das Geisterbild der Großmutter war verschwunden.

Mariella schüttelte sich und musste ein paarmal zwinkern. Sie blickte sich im Raum um. Niemand außer ihr war da. Nun sah sie wieder hinab auf das Blatt Papier aus der Dose. Dort stand genau jenes kleine Gedicht, das sie gerade vernommen hatte. Doch hier trug es noch eine Überschrift: „Gavin", lautete der Titel.

Weiter unten am Rand fand Sie einige weitere Zeilen. Mariella las sie laut vor:

„Er ließ sich gehen, baumelte im Wind wie ein kaum mehr feuchtes Kleidungsstück an der Leine. Seelenfrieden? Vielleicht wenn er tot wäre. Endlich."

Das musste William geschrieben haben, ohne Zweifel. Aus diesen Worten sprach genau jene bleierne Melancholie, die ihn zuweilen gefangen hielt. So gerne würde sie ihm helfen, aber sie beide mussten den Mut dazu haben. Sie legte das Blatt zurück in die

Dose und klappte den Deckel zu. Obenauf fand sie einen aufgeklebten Notizzettel.

„Das Leben verschont keinen. Lass uns reden, wenn du so weit bist. – William."

Offensichtlich dachte ihr Halbbruder ähnlich wie sie.

***

Den Morgen und den halben Vormittag verbrachte Mariella damit, endlich ihr Fahrrad zu reparieren. Sie hatte es bei den ganzen Ereignissen der letzten Tage aus den Augen verloren, aber sie wollte nicht länger davon abhängig sein, sich von jemandem irgendwo hinfahren zu lassen oder ziellos über diese Insel zu laufen. Sie musste sich endlich Orientierung verschaffen, im wörtlichen und im übertragenen Sinne.

Das Wetter war trocken und nicht zu kühl, so dass sie im Schuppen neben dem Haus an dem gebrauchten Drahtesel herumschraubte und das gerissene Bremsseil auswechselte, die Schutzbleche geradebog und das demolierte Vorderlicht wieder in Stand setzte.

Obwohl Mariella ihr handwerkliches Geschick als eher begrenzt ansah und im Reparieren von Fahrrädern keinerlei Erfahrung hatte, klappte es relativ gut. Es dauerte zwar ewig und sie brauchte für alles mehrere Versuche, aber dafür war sie umso stolzer auf das Ergebnis.

Gegen 12 Uhr schwang sie sich auf den Sattel und startete zu einer kleinen Probefahrt ins nahegelegene

Dorf. Ihre Hände waren zwar noch voller schwarzer Schmiere und ihre Haare sahen mehr nach Vogelnest als nach Frisur aus, aber das war ihr im Moment herzlich egal. Die Straße war menschenleer, wen sollte sie schon treffen, den das stören könnte? Außerdem konnte man bei dem immer wieder auffrischenden Wind sowieso keine echte Frisur länger als 30 Sekunden bewahren. Ehrlich gesagt genoss sie den Wind sogar. Er fühlte sich nach Freiheit und Unbeschwertheit an, so als würde er beim Vorüberströmen etwas vom Schwermut mitnehmen und in die Ferne blasen. Sie mochte diese Vorstellung.

Nach wenigen Minuten erreichte sie das Dorf und bog von der Hauptstraße, die es der Länge nach durchzog, nach rechts ab. Dort lag ein kleiner Kramerladen, der – wie sie von Linda wusste, an drei Tagen in der Woche jeweils für ein paar Stunden geöffnet hatte. Das war ungemein praktisch, da man so nicht für jede Kleinigkeit bis nach Kirkwall oder Stromness fahren musste, die beide ungefähr gleich weit entfernt waren – zu weit, um spontan mit dem Fahrrad dorthin zu radeln.

Vor dem Laden mit der altmodischen, dunkelroten Holzfassade und dem großen braunen Schild über dem Schaufenster, auf dem schlicht nur „General Store" stand, sah sie jemand Bekanntes. Heather kam mit zwei Beuteln voller Einkäufe aus der Tür.

„Du bist spät dran", begrüßte sie sie. „Kavanagh macht in 20 Minuten dicht."

„Ach, ich brauche eigentlich nichts dringend, ich wollte nur mein repariertes Fahrrad testen."

„Falls du Seife brauchst, sie ist im Angebot", scherzte Heather und deutete auf Mariellas schmutzige Hände.

„Ja, oder was Stärkeres als Seife. Diese Schmiere scheint mir ziemlich fies zu sein."

„Harry hat bestimmt was! Und sonst? Geht es dir gut?", erkundigte sich Heather.

„Ehrlich gesagt ...", setzte Mariella an. „Es ist nach unserem Treffen etwas passiert, über das ich gern mit dir sprechen würde."

Heather stellte ihre Einkäufe ab und sah sie interessiert an.

„Keine Ahnung, wie ich es beschreiben soll, aber ... denkst du, dass diese Steine am Ring of Brodgar tatsächlich magische Kraft haben? Dass sie vielleicht irgendwie ... na ja ... beseelt sind oder so etwas?"

„Oha! Da scheinst du ja einen ganz schönen Sprung gemacht zu haben."

„Ich weiß, ja, ja. Von der aufgeklärten Zweiflerin zur Beschwörerin der Steine."

„Das hast du gesagt", erwiderte Heather.

„Mir kam der Gedanke, dass dort womöglich Eleanors Geist verweilt. Weil es ein besonderer Ort ist, vielleicht eine Tür zu einer anderen Welt. Ich weiß, wie das klingt, aber wenn mich jemand versteht, dann wohl du."

Heather nickte. „Da hast du recht. Aber erzähl mir doch, was passiert ist. Und warum bist du dort gewesen?"

„Ich hatte die Steine im Traum gesehen und William gebeten, sie mir zu zeigen. Als wir dort waren, hatte ich das Gefühl, plötzlich wieder mitten in diesem Traum zu stecken, dass die Steine irgendwie zum Leben erwacht wären und mich beeinflussen. Mich und William. Es schien, als wäre ich nicht mehr ganz Herr meiner Sinne, beinahe hätte ich ..." Mariella brach ab. „Ist auch egal. Es war beängstigend und ich bin weggerannt."

Eine ganze Weile sah Heather sie schweigend an, dann erst ergriff sie wieder das Wort. „Das war eine mächtige spirituelle Erfahrung. Du kannst dich glücklich schätzen. Es muss einen Grund geben, warum du das erlebt hast. Aber ich kenne ihn nicht. Ich kann dir nur raten, dich langsam vorzutasten und es noch einmal zu wagen. Wenn die Zeit reif ist, wirst du Antworten erhalten."

„Ich soll so etwas nochmal versuchen?" Mariella schüttelte den Kopf. „Ich weiß nicht."

„Wenn du bereit dazu bist. Diese Steine bergen so manches Geheimnis. Wusstest du, dass es Inschriften gibt? Vor über hundert Jahren hat man beim Aufrichten eines Steins sogenannte Zweigrunen gefunden. Sie waren genau auf der Seite, die auf dem Boden gelegen hatte. Es sind Geheimrunen, die niemand bisher entschlüsseln konnte. Und um auf deine erste Frage zu antworten: Ja, ich glaube, dass diese Steine beseelt sind, dass sie magische Kräfte besitzen. Einst haben diese Runen einen Weg zur Beschwörung der Ahnen gewiesen. Aber das Wissen darüber ist über die Jahrtausende verloren gegangen. Doch wer weiß, vielleicht hast du einen neuen Pfad zu diesem Ziel gefunden?" Heather lächelte breit.

„Oh, Heather. Die Gespräche mit dir fangen immer so harmlos an und am Ende ist man noch verwirrter als vorher", sagte Mariella.

„Das ist eben meine Art. Wem das nicht passt, der kann ja mit O'Leary über Fußball reden, da wird man intellektuell nicht so gefordert."

„Ich will mich ja gar nicht beschweren. Danke nochmal", antwortete Mariella, ohne auf den Seitenhieb in Richtung des Wirts einzugehen. „Jetzt besorge ich mir schnell noch was im Laden, bevor er zumacht. Ich halte dich auf dem laufenden."

„Ja, bitte. Und komm zu mir, wenn du etwas auf dem Herzen hast. Jederzeit! Vielleicht können wir ja gemeinsam mehr über deine Verbindung zu diesen Steinen herausfinden."

„Sehr gerne! Mach's gut", verabschiedete sich Mariella, stellte ihr Rad neben den Eingang und betrat den kleinen Dorfladen.

20

Um kurz vor 14 Uhr kam Mariella zurück nach Hause und fand William auf der roten Bank im Garten sitzend. Er blickte geistesabwesend hinaus in Richtung Meer, wo die Wellen ihre üblichen weiß-grauen Schaumkronen mit sich trugen. Der Wind kam von Osten und wehte die heiseren Schreie der Möwen, die am Strand wohl nach Essbarem stöberten, heute besonders gut hörbar heran. Für Mariella klangen die Laute dieser Tiere immer nach Sehnsucht, irgendwie wehmütig und schmerzlich, und doch kündeten sie auch von schier grenzenloser Freiheit oben zwischen den Lüften.

Sie stellte ihr Fahrrad an den Schuppen neben dem Haus und ging dann nach vorne in den Garten. Nun sah sie, dass William einem Brief in der Hand hielt. Der Umschlag war vergilbt, es musste also einer von Eleanors Briefen aus der vergrabenen Dose sein. Sie stellte sich neben die Bank, setzte ein Lächeln auf und weckte ihren Bruder aus seinem Tagtraum. „Wartest du auf mich?"

William zuckte kurz zusammen, drehte ihr dann den Kopf zu und nickte zaghaft. „Ich denke, es ist wohl am besten, wenn wir das gemeinsam angehen, oder?"

„Sehr gerne, William! Ich freue mich, dass du es so siehst." Sie setzte sich zu ihm auf die Bank. Eine

Weile schwiegen sie, dann fragte Mariella: „Ob Eleanor das so geplant hat?"

William legte den Kopf schief, erwiderte aber nichts.

„Na, ich meine, das sind schon ziemlich viele Zufälle, die uns zu diesem Punkt führen. Nun sitzen wir hier und halten den Schlüssel zur Vergangenheit in unseren Händen. Wir müssen nur bereit sein, ihn zu nutzen."

„Der Vergleich gefällt mir, obwohl er mir auch Angst macht. Vielleicht werde ich ein Gedicht darüber schreiben."

„Du musst keine Angst haben. Die Vergangenheit kann einem nichts tun. Wir denken das immer – und ich falle auch darauf herein – aber Fakt ist, dass wir nach vorne schauen müssen. Wir können uns nicht immer nur von dem bestimmen lassen, was hinter uns liegt, was wir erlebt haben. Mir ist das erst klar, seit ich auf dieser Insel bin. Vorher war ich getrieben von dem, was ich über die Welt zu wissen glaubte, ich dachte, ich wüsste, wie sie funktioniert und dass ich eben irgendwie hineinpassen muss – innerhalb meiner Grenzen eben."

Mariella verstummte. Ihr war das nie so klar gewesen, wie in diesem Augenblick, als sich die Worte und Sätze formten. Während sie William ihre Erkenntnis schilderte, wurde sie sich erst selbst dieser Wahrheit voll und ganz bewusst. „Es ist unglaublich", sagte sie knapp.

„Was?"

„Wie sehr sich die Perspektive ändern kann. Wie

eine andere Umgebung auch die Sicht nach innen verwandelt. Oder war das Eleanors Werk?"

„Also, ich kann nicht versprechen, dass wir diese Frage zu unseren Lebzeiten noch klären werden, aber wir können hiermit anfangen, wenn du bereit bist."

Mariella nickte. „Bin so weit. Ist das der Erste?"

„Ja, ich hab sie heute Morgen nach dem Datum des jeweiligen Poststempels sortiert. Aber ich hab es nicht gewagt, einen zu öffnen."

„Wir haben ja schon beschlossen, es gemeinsam zu machen", bekräftigte Mariella. „Einen nach dem anderen. Wir fangen mit diesem hier an und dann sehen wir weiter, wie es uns damit geht. Alles schön vorsichtig, in Ordnung?"

„Einverstanden, das klingt sehr vernünftig." William zog einen schmalen silbernen Brieföffner aus seiner Jackentasche und schob in unter die Lasche des Umschlags. „Na, dann öffnen wir die Tür zur Vergangenheit. Damit sie uns eine heilere Zukunft beschert", sagte er und schlitzte den Umschlag auf. Er nahm ein einzelnes Blatt heraus und faltete es auf. Darauf war Eleanors geschwungene Handschrift in blauer Füllertinte zu sehen. William räusperte sich und begann, laut vorzulesen.

„Gavin, mein Sohn, ich hoffe, es geht dir gut dort in der Fremde. Du müsstest die Sachen, die ich dir nachgeschickt habe, erhalten haben. Wenn du noch etwas brauchst, lass es mich wissen. Ich kann noch immer nicht glauben, dass du fort bist. Bei jedem Knacken der Dielen oder dem Schlagen des Garten-

tores denke ich: Das muss er sein, er ist zurück-
gekommen. Er ist zur Besinnung gekommen. Aber
dann war es doch nur der Wind. Oder die Katze. Es
ist so schwer, seit du fort bist, und ich will nicht
anerkennen, dass du auf diese Weise deine Heimat
hinter dir lässt. Gavin, bitte überlege es dir. Es gibt
hier Menschen, die dich lieben, die dich brauchen. Du
sollst wissen, dass du jederzeit, zurückkommen
kannst. Kümmere dich nicht um das, was sie sagen,
wie sich die Leute das Maul zerreißen. Es ist
Geschwätz und man kann es ertragen, wenn man
ein gutes Herz hat. Du musst ein gutes Herz haben,
denn du bist mein Sohn! Und nun wirst auch du
Vater werden. Davor kannst du nicht davonlaufen.
Es ist eine Tatsache, selbst wenn du es leugnen
magst. Ich schreibe dir sehr bald wieder, auch wenn
es keine Neuigkeiten gibt. Wir werden alles auf-
klären und zum Guten wenden. Oh, Gavin. Lass bald
von dir hören. In Liebe, deine Mamaidh."

William ließ das Blatt sinken und seufzte schwer.
Dann faltete er das Papier zusammen und steckte es
zurück in den Umschlag.

„Das ist so traurig und irgendwie auch herzerwär-
mend. Ich sehe Eleanor vor mir, wie sie dies
schreibt", sagte Mariella.

„Ich auch. Es ist wie damals, als ich sie am Esstisch sah. Abends, wenn es draußen schon finster war
und sie dachte, ich schlafe, setzte sie sich an den
Tisch und schrieb. Ich hab sie manchmal beobachtet
und Gavin verflucht."

„Er hat diese Zeilen nie gelesen, richtig? Gavin, meine ich."

William schüttelte den Kopf. „Sie kamen alle ungeöffnet zurück. Aber erst Jahre später. Als ich zehn war, klingelte eines Tages der Postbote und hatte einen ganzen Pack davon in der Hand. Ich weiß noch, dass ich wegen einer Erkältung zu Hause geblieben war. Eleanor war mit meiner Mutter unterwegs, um Arznei zu besorgen, und da hab ich sie an mich genommen, ohne zu wissen, was ich tat. Oder warum. Es war ein Impuls und ich war jung und ... wütend. Keine Ahnung, wo die Briefe all die Zeit gesteckt haben, jemand muss sie wohl vergessen haben. Es kamen dann immer mal wieder noch welche zurück und auch die nahm ich. Es wurde zur Gewohnheit und ich erzählte niemandem etwas davon. Mit der Zeit fiel es mir immer schwerer, es Eleanor zu sagen, obwohl ich das wollte. Ich konnte es einfach nicht. Nachdem meine Mutter dann ..." Er stockte, schluckte ein paarmal und sprach dann erst weiter. „Sie schrieb danach noch einen einzigen Brief und hörte dann für immer auf. Eigentlich muss sie geahnt haben, dass Gavin sie nie lesen würde. Nun ja, nachdem auch der letzte Brief zurückgekommen war, nahm ich alle und vergrub sie. Das ist Jahre her. Ich hatte sie selbst fast vergessen. Dann kamst du und hast hier alles auf den Kopf gestellt. Als du auch noch diese Dose mit den Briefen gefunden hast, wurde mir mein eigenes Versagen wieder schlagartig bewusst." Tränen standen William in den Augen.

Mariella wollte ihn trösten, ihn umarmen, doch

sie wagte es nicht. Nicht nach dem, was im Steinkreis passiert war. Die Situation war bizarr, ihre Gefühle waren in Aufruhr. Sie merkte, dass auch ihr eine Träne der Rührung über die Wange rann. Schnell wischte sie sie weg.

Doch William hatte sie gesehen und versuchte sogar, sie aufmunternd anzulächeln. „Du hast eine verkorkste Verwandtschaft, was?", sagte er leise.

„Mag sein, aber ich passe ja selbst ganz gut dazu", versuchte sie zu scherzen, doch es misslang. Sie fühlte sich nicht besser, nachdem sie das gesagt hatte, sondern tadelte sich innerlich. Vorhin erst hatte sie William gesagt, man dürfe sich nicht von dem bestimmen lassen, was man in der Vergangenheit geglaubt hat. Aber es war schwer, einmal gefestigte Ansichten abzuschütteln, dies merkte sie immer wieder. Dennoch zwang sie sich zu einem Lächeln und wechselte das Thema. „Ich hab vorhin bei Harry Kavanagh im Laden eine Riesentüte Weingummis gekauft, komm, ich teil sie mit dir."

William runzelte zunächst die Stirn, dann hellten sich seine Züge auf. „Das ist das beste Angebot des Tages, schätze ich. Aber ich komme erst später darauf zurück. Jetzt muss ich schreiben. Das ist mein Weg, die Welt zu verstehen." Er stand auf und ging in Richtung Haus. Dann hielt er an und drehte er sich noch mal um. „Ach, und wäre es möglich, dass du mir dir Fotos aus der Dose wieder gibst? Ich dachte damals, ich bräuchte sie nicht mehr, aber jetzt …"

„Natürlich, William. Sie gehören dir. Ich lege sie vor deine Tür, okay?"

„Danke." Damit wandte er sich wieder um und verschwand hinter der Hausecke.

21

Die Türklingel riss Mariella aus ihren Träumen. Kaum hatte sie die Augen aufgeschlagen, mischte sich ein Pochen darunter. Irgendjemand war unten an der Tür und sehr erpicht darauf, sie in aller Frühe aus dem Bett zu werfen.

Mariella schlug die Decke beiseite und schlüpfte in Pantoffeln und Bademantel. Wieder klingelte es. Waren etwa wieder ihre abenteuerlustigen Kühe ausgebrochen? Sie ging schneller und erreichte nun die Haustür, die sie rasch aufzog.

Linda strahlte sie an. „Raus aus den Federn! Wir haben zu tun", verkündete sie.

„Was ... warum?", stammelte Mariella. „Sind die Kühe ausgebüxt? Wie spät ist es überhaupt?"

„Kurz nach acht", antwortete Linda. „Komm jetzt, zieh dich an. Ich brauche deine Hilfe."

„Wobei denn?"

„Du musst mir heute mal zur Hand gehen, Kenny ist krank."

„Wer ist denn Kenny?"

„Mein Kollege. Ich erkläre dir alles unterwegs. Ich bin spät dran für die Arbeit."

„Arbeit? Aber ich dachte, Doc hat heute keine Sprechstunde."

„Ja, richtig. Mein anderer Job. Fast alle hier auf der Insel haben mehrere Jobs. Und du ..." Sie zögerte.

„Na, ich dachte, du könntest auch eine Beschäftigung brauchen!" Linda lachte.

„Ich ..." Mariella schüttelte den Kopf. „Was ist das überhaupt für ein Outfit?" Sie zeigte auf Lindas grobe blaue Hose und die regendichte, gefütterte Jacke mit Kapuze.

„Nennt sich Arbeitskleidung. Ich hab welche für dich im Wagen."

„Aber ..."

„Du willst mich doch nicht etwa hängen lassen! Hör mal, ich hab dir bereits erklärt, wie das hier läuft."

„Ja, ja. Schon gut. Ich zieh mir was an und komme sofort", versicherte Mariella und verschwand im Haus. Die Überraschungen hier nahmen einfach kein Ende. Sie schnappte sich schnell eine alte Jeans und einen Kapuzenpulli und putzte sich die Zähne, dann ging sie zu Linda hinaus.

Im Wagen wartete ein Becher heißen Kaffees auf Mariella, für den sie sehr dankbar war. Sie hasste es, aus dem Bett geworfen zu werfen. Dann noch das Haus ohne einen einzigen Schluck Kaffee zu verlassen, grenzte an eine Katastrophe. Aber nun war sie mit Linda und der Welt so gut wie versöhnt. „Also, was ist nun so dringend, dass du ausgerechnet meine Hilfe brauchst?"

„Wir fahren rüber nach Rousay, eine kleinere Insel nördlich von hier. Dort setzen wir die Steinmauern an der Küste instand."

„Was? Steinmauern?"

„Keine Angst, es ist nicht kompliziert. Wenn

jemand wie Kenny das hinkriegt, dann schaffst du es allemal."

„Aber Kenny ist krank, sagtest du?"

„Mal wieder. Hat ne schlimme Bandscheibe. Der Doc sagt ihm schon seit einem Jahr, er soll mit der körperlichen Arbeit aufhören, aber diese alten Leute sind ja so stur, weißt du?"

„Aha. Er repariert Steinmauern und hat es mit der Bandscheibe, das sind ja gute Vorzeichen für uns."

Linda lachte. „Ach was! Kenny ist 83 und damit älter als wir beide zusammen."

„Das ist ein Argument. Na, schön. Du hast vielleicht recht. Ich sollte mich hier nützlich machen." Mariella nahm einen Schluck aus ihrem Becher. „Und Danke für den Kaffee. Damit hast du schon mal für die Grundvoraussetzung jeder Arbeit gesorgt."

Linda steuerte ihren dunkelblauen Ford auf den Fähranleger bei Tingwall House zu. Die Rampe der blau-weiß gestrichenen Fähre war herunter geklappt und die Autos begannen bereits, auf das Deck des Schiffes zu fahren. „Da kommen wir gerade richtig!", freute sich Linda.

Ein Mann in einer grellgelben Jacke winkte ihr zu und wies ihr einen freien Stellplatz an Bord zu.

Linda parkte ihren Wagen und drehte sich zu Mariella. „Noch nen Kaffee? Oben gibt es nen kleinen Kiosk."

„Auf jeden Fall", erwiderte Mariella und stieg aus.

Sie gingen eine Treppe hoch und in einen kleinen Aufenthaltsbereich mit Sitzbänken und Tischchen.

Linda besorgte zwei Kaffee und einige Gebäckstücke, dann nahmen sie am Fenster Platz.

„Wir haben genug Zeit fürs Frühstück, die Fähre braucht etwa 25 Minuten", erklärte Linda und reichte ihr ein dick mit Zuckerguss überzogenes Plunderstück.

„Danke", erwiderte Mariella und biss hinein. „Das ist echt heftig."

„Tja, die Schotten lieben es zuckersüß. Aber sei froh. In Edinburgh frittieren sie Schokoriegel und Eiscreme!"

Mariella schüttelte sich. „Okay, also wir basteln heute an Steinmauern herum?"

„Richtig, es sind Trockenmauern, ohne Mörtel oder sonstiges Material dazwischen. Sie bestehen nur aus einfach aufeinandergeschichteten Steinen. Man findet sie hier an vielen Stellen an der Küste. Sie grenzen Nutzflächen vom Strand ab, schützen an einigen Stellen davor, dass Schafe auf Kuhweiden gelangen oder die Kühe an den Strand. Sie werden leider von den Stürmen und den Gezeiten ständig beschädigt, so dass es eine echte Sisyphosarbeit ist, sie instand zu halten. Trotzdem gehören sie irgendwie zum Inselbild und werden traditionell gepflegt, selbst wenn keiner weiß, seit wann diese Mauern immer wieder aufgebaut werden. Wir bewahren hier etwas Historisches, wenn man so will."

„Verstehe. Dann helfe ich gerne mit! Auch wenn ich natürlich keinerlei Erfahrung habe. Aber das wird schon. Gestern hab ich ganz allein mein Fahrrad repariert, was sagst du dazu?"

„Glückwunsch! Man wächst mit seinen Aufgaben." Linda lachte.

„Ja, ja, mach dich nur lustig. Für mich ist das ein Quantensprung in Sachen Handwerken."

„Und heute folgt schon der nächste." Linda strahlte sie an und wechselte dann abrupt das Thema. „Wie läuft es eigentlich mit William? Alles in Ordnung? Andrew hat mir erzählt, dass ihr wandern wart."

„Oh, das ..." Mariella biss sich auf die Lippe. „Sag Andrew bitte nochmal, dass es mir leidtut, dass ich ihm vor den Wagen gerannt bin."

„Ach, das verkraftet er schon. Ist ja nichts passiert. Mir geht es eher um den Grund. Magst du mir davon erzählen?"

Mariella seufzte und sah einen Moment aus dem Fenster. Die Fähre hatte längst abgelegt und befand sich nun mitten auf dem Meer zwischen den beiden Inseln. „Das war wirklich total schräg", begann Mariella zu erzählen. „Wir sind am Ring of Brodgar gewesen, weil ich diese Steine in der Nacht zuvor im Traum gesehen hab. Und als wir dort waren, da ist alles außer Kontrolle geraten." Mariella machte eine Pause. „Du musst mir versprechen, dass du es für dich behältst", forderte sie und sah Linda todernst an.

„Ja, sicher. Ich sage niemandem etwas", versprach Linda.

„Ich ... diese Steine. Sie haben irgendwas mit mir gemacht, mich verzaubert oder ... keine Ahnung. Uns beide verzaubert, mich und William. Ich spürte eine Seelenverwandtschaft und eine Nähe wie nie zuvor."

„Das ist doch toll! Warum darf das keiner wissen?", hakte Linda ein.

„Ich hätte ihn fast geküsst!", sagte Mariella, lauter als sie eigentlich wollte, und zog den Kopf ein, so als fürchte sie, die anderen Fährpassagiere könnte es gehört haben.

„Das ist schräg, okay", stimmte Linda zu. „Aber ihr habt es nicht getan?"

„Nein! Weil ich wie von Sinnen weggerannt bin. Jetzt weiß ich nicht, was ich davon halten soll. Ich kann doch nicht meinen Bruder küssen!"

„Halbbruder, wenn ich es richtig verstanden habe", warf Linda ein und erntete einen schiefen Blick von Mariella. „Ja, okay. Du willst sicher sagen, das macht keinen großen Unterschied", beeilte sie sich, zu ergänzen.

„Das ist furchtbar peinlich", meinte Mariella.

„Quatsch!", protestierte Linda. „Es ist nichts passiert. Und selbst wenn, niemand wüsste davon. Oder waren da etwa andere Besucher?"

„Um Himmels willen, nein! Ich bin heilfroh, dass uns keiner gesehen hat. Nur weiß ich nicht, ob ich William darauf ansprechen soll."

„Wozu?"

„Ich weiß nicht. Ich frage mich, ob er das Gleiche gespürt hat."

„Aber das spielt doch nur eine Rolle, wenn ..." Linda beendete den Satz nicht.

„Wenn was?"

„Nichts. Es wäre rein hypothetisch. Ihr seid nun mal Geschwister."

„Du wolltest sagen, es würde nur eine Rolle spielen, wenn solche Gefühle noch da wären, oder?"

Linda nickte. „Richtig. Aber das sind sie ja nicht."

„Ich denke nicht, nein. Das war ein spiritueller Ausnahmezustand. Und ich bin mir sicher, dass dieser Ort etwas damit zu tun hatte."

„Dann vergiss die Sache! Du warst die letzten Tage einfach emotional aufgewühlt, da kam eines zum anderen. Ich würde mir deswegen nicht den Kopf zerbrechen, wenn es eine einmalige Sache war, bei der im Grunde überhaupt nichts geschehen ist."

„Ja, du hast recht. Ich mache mich mal wieder verrückt. Das ist meine Schwäche, ich grüble über Dinge nach, statt etwas zu tun. Wie gut, dass du mich zum Arbeiten eingeteilt hast. Da komme ich auf andere Gedanken."

„Wusste ich es doch!", sagte Linda freudig. „Aber jetzt sollten wir wieder runtergehen, in ein paar Minuten legt die Fähre an und dann kann es den Herrschaften in den gelben Jacken nicht schnell genug gehen."

Mariella nickte, trank ihren Kaffee aus und legte den letzten Rest des zuckersüßen Gebäcks auf den Pappteller zurück. Dann folgte sie Linda hinunter zu ihrem Wagen.

***

Der Wind war milde heute, kaum mehr als ein Atem, der durch das Gras fuhr und es sachte wiegte. William schritt langsam über die weite Ebene, die Hände in den Taschen, den Blick auf das glitzernde Band des Meeres gerichtet, das sich in der Ferne unter einem dunstigen Himmel verlor.

Es war seine liebste Route – entlang der alten Steinmauer hinter dem Cottage über die Weide hinaus zu den sanften Höhen, wo Schafe wie helle Tupfer in der Landschaft lagen und Vögel ihre stillen Kreise zogen. Kein Lärm, keine Fragen, nur der behäbige Rhythmus der Insel um ihn herum.

Hier konnte er atmen, einen Hauch von Freiheit und Unbeschwertheit spüren. Manchmal wollte er aufgehen in der Natur, eins werden mit ihr. Er stellte sich vor, wie sein Körper in alle Atome zerfiel und vom Wind davongetragen würde, ohne Widerstand, ohne Richtung und Ziel. Einfach schwerelos und ohne Last.

Seine Schritte waren ruhig, fast mechanisch, aber sein Geist war auf Empfang. Suchend nach Worten, die aus purer Luft entstanden, nach Bildern, die nie jemand gemalt hatte, aber die dennoch in der Galerie seines Geistes einen Ehrenplatz fanden. Poetische Fragmente stiegen aus dem Unterbewusstsein empor, Gedanken formten Halbsätze, spielten mit Reim und Rhythmus. Dann war ein Vers geboren.

„Wellen wie Gedanken,
die nie ganz ruhen.
Und ich,
ein Stein,
der hofft,
dass jemand ihn sieht.“

Er blieb stehen, ließ sich auf einen moosbewachsenen Felsblock sinken. Der Wind spielte mit seinem Kragen, trug den Geruch von Salz und feuchtem Gras zu ihm. Er würde das Fragment nicht aufschreiben. Nicht heute. Wenn es gut war, würde es in seinem Kopf überdauern. Wenn nicht, war es nicht gut.

Und dann war sie plötzlich in seinem Geist – Mariella. Nicht wirklich als Erinnerung oder klarer Gedanke, sondern als Gefühl, als Echo.

Seit Eleanor gestorben war, hatte niemand mehr so viel Licht in sein Leben gebracht. Ein Licht, das ihm manchmal allzu hell und überfordernd schien – aber gleichzeitig die Wärme des zaghaften Leuchtens am frühen Morgen besaß, wenn die Sonne sich vorsichtig hinter dem Horizont erhob.

Sie hatte Fragen gestellt, wo andere schwiegen. War geblieben, wo andere gegangen wären. Vielleicht, dachte er, ist sie die Einzige, die sieht, was ich nicht offen zeigen kann.

Er stand wieder auf, setzte den Weg fort, bog in den Pfad zum Dorf ein, der an vom Wind schief gebogenen Sträuchern vorbeiführte.

Der Himmel zog sich langsam zu, erste Tropfen tasteten sich über seine Wangen, doch er beeilte sich nicht.

Als er O'Learys Pub passierte, blieb er kurz stehen. Die Tür war halb geöffnet, Stimmen drangen auf den Weg hinaus, gedämpft, aber deutlich genug.

„Ich sag's ja nur... komisch is' das schon. Zwei Halbgeschwister, da in dem alten Haus von Eleanor. Diese Familie war schon immer ... anders."

Ein Lachen erklang. Nicht freundlich, sondern spöttisch.

„Passt doch. Erst die mit den Kräutern und den Träumen – und jetzt die aus der Stadt mit ihren Fragen. Und William, der nie dazugehört hat. Am besten wär's, wenn sie beide wieder verschwinden. Ruhiger wär's für uns alle."

William blieb wie angewurzelt stehen.

Für einen Moment war da nur der Regen auf dem Asphalt, das Klirren eines Glases, eine Möwe, die über den Wind hinweg schrie.

Er spürte den Stich in der Brust. Nicht tief – aber spitz. Längst hatte er geglaubt, über so etwas erhaben zu sein. Aber die Worte trafen ihn. Nicht wegen ihrer Härte, sondern weil sie so beiläufig kamen und so alltäglich klangen.

Als wäre seine Existenz nicht mal echter ein Streitpunkt, sondern bloß eine Fußnote.

Er drehte sich um, ging weiter. Langsam. Den Blick gesenkt.

Vielleicht, dachte er, war Mariella der erste Mensch gewesen, der nicht fragte, ob er hierher gehörte. Sondern einfach da war. Aber wie lange würde das reichen, wenn die Welt um sie herum gegen sie war?

22

Mariella fühlte sich gut wie lange nicht. Obwohl ihr vom Steineschleppen am heutigen Tag sowohl Arme als auch Rücken ziemlich wehtaten, war dies doch eine auf gewisse Weise angenehme Art der Erschöpfung. Sie hatte das Gefühl, dass sie etwas geleistet hatte, dass diese Aufgabe Sinn hatte. Es war eine ungewohnte Erfahrung, wenn sie ehrlich war. Denn so etwas hatte sie bei der Arbeit in der Agentur in Berlin seit Jahren nicht verspürt. Der Job war in erster Linie stressig gewesen, natürlich manchmal auch aufregend und fordernd, aber nicht erfüllend. Es hatte keinen tieferen Sinn in dieser Tätigkeit gegeben, zumindest keinen, den sie als solchen akzeptiert hätte. Es ging letztlich nur um Geld, um Aufmerksamkeit und Konkurrenzkampf mit zunehmend perfiden Methoden. Alles in allem war das ein toxisches Umfeld, das jedoch so langsam wirkte, dass man kaum merkte, wie man sich immer mehr vergiftete. Doch damit war Schluss!

Mariella saß in ihrem Zimmer und massierte ihren rechten Unterarm, während sie über ihre Situation sinnierte. Noch hatte sie keinen blassen Schimmer, ob sie bis zu ihrem Lebensende Steinmauern reparieren oder etwas ganz anderes tun würde, aber eines war ihr nach dem heutigen Tag absolut klar: Es gab Schlimmeres. Sie würde sich jedenfalls nicht mehr verbiegen, um die fragwürdigen – und fast immer viel zu hoch gesteckten – Ziele anderer zu erreichen, die das nicht einmal zu schätzen wussten!

Sie war Linda dankbar, dass sie sie heute mitgenommen hatte. Das war genau die Art von Ablenkung gewesen, die sie brauchte. Und das Gespräch mit ihrer neu gewonnenen Freundin hatte ihr auch gutgetan. In erster Linie, weil es für einen Perspektivwechsel gesorgt hatte. Mariella wusste selbst nur zu gut, dass sie sich gerne in eine Idee oder Vorstellung von etwas verrannte und dann Probleme hatte, über den Tellerrand zu blicken. Meist musste erst jemand die Hand ausstrecken und sie aus ihrem Tunnel herausziehen. Dann öffnete sich die Welt und Mariella erkannte, dass sie sich in sich selbst verstrickte. Sie wusste das, aber verfiel immer wieder in dieses Muster. Auch damit würde irgendwann Schluss sein, der Aufenthalt hier tat ihr gut, in jeder Hinsicht. Es war nicht das einsame, stille Verkriechen, das sie sich bei der Abreise aus Berlin ausgemalt hatte, sondern ein buntes Treiben mit allerhand Verwicklungen. Dennoch fühlte es sich richtig an, dem entgegenzutreten.

Der Einsatz bei den Mauern auf der Nachbarinsel hatte noch einen weiteren Effekt gehabt. Einer der Landwirte, dessen Weide sie schützen, hatte sich überschwänglich bedankt, Mariella mit Komplimenten überhäuft, dass sie so viel kompetenter und gutaussehender sei als Kenny. Und dann hatte er ihr eine ganze Hammelkeule geschenkt, glücklicherweise dicht verpackt in einer großen Plastiktüte.

Mariella war trotzdem so perplex gewesen, dass sie weder die richtigen Worte gefunden hatte, um sich zu bedanken, noch um dieses Geschenk abzulehnen – was wohl ohnehin aussichtslos gewesen wäre. Eine Ahnung, was sie nun damit anstellen sollte, hatte sie trotzdem nicht. Das war wohl die nächste Herausforderung auf dieser mittlerweile recht langen Liste, die sie hier auf Orkney aufzustellen schien. Vielleicht konnte William nicht nur gut backen, sondern auch kochen? Es war ohnehin Zeit, den zweiten Brief zu öffnen. So hatten sie es vereinbart.

Mariella stand auf und zog sich einen Pulli über. Dann ging sie hinunter in die Küche. Es war mittlerweile fast 16:00 Uhr und draußen senkte sich düsteres Grau über die Landschaft.

Sie fand William in der Küche, wo er gerade die Hammelkeule in Augenschein nahm. „Wo hast du die denn her? Scheint mir ganz frisch zu sein. Hast du schon wieder beim Glücksspiel gewonnen?", fragte er.

„Nein, diesmal habe ich gearbeitet", stellte Mariella klar.

William zog interessiert die Augenbrauen hoch.

„Nichts Weltbewegendes, ich hab nur Linda drüben auf Rousay beim Befestigen der Mauern geholfen. Und einer der Bauern fand mich so kompetent, dass er mir das hier geschenkt hat."

„Erstaunlich. Du bist kaum hier angekommen und schon besser sozial integriert als ich", sagte William und schlug die Plastikfolie um die Keule ganz zur Seite. „Wir müssten den halben Kühlschrank ausräumen, um das Ding unterzukriegen. Wir sollten es gleich zubereiten."

Mariella lächelte verlegen. „Ich hatte gehofft, du hast irgendwo ein Traditionsrezept?"

„Das ist kein Hexenwerk", erwiderte William und machte sich daran, Gemüse und Gewürze aus den Vorratsschränken zu holen. „Lass uns den Hammel in den Ofen schieben, dann haben wir Zeit für unser eigentliches Vorhaben."

Während die Keule im Ofen brutzelte und das Haus mit einem würzigen Duft erfüllte, setzten sich William und Mariella an den Esstisch und blickten auf den zweiten zu öffnenden Brief.

„Wie hast du den ersten verdaut?", fragte sie.

„Seltsamerweise recht gut", erwiderte William. „Ich war überrascht, dass es nicht so schlimm war, wie ich es mir über die Jahre immer ausgemalt hatte. Mit der Zeit kann man sich ganz miese Dinge einreden, wenn man es nur darauf anlegt."

„Das kenne ich gut", stimmte Mariella zu.

„Ich habe meine Gefühle aufgeschrieben – als Gedicht. Vielleicht zeige ich es dir irgendwann. Aber jetzt noch nicht."

„Wann immer du willst, nur keine Eile! Ich habe auch nachgedacht, was in dem ersten Brief stand. Eleanor schrieb, dass sich alles aufklären würde, erwähnt aber nicht konkret, was sie meint. Trotzdem hab ich das Gefühl, dass diese Aufklärung nie passiert ist, oder?"

William schüttelte den Kopf. „Ich glaube eher, man wollte Gras über die Sache wachsen lassen.

Nachdem Gavin weg war, hatte niemand außer Eleanor wirkliches Interesse daran. Die Sache war für die Leute klar und damit abgehakt. Oder es hat sie von vornherein nicht interessiert. Ich war damals ein Kind, ich habe das alles nicht verstanden. Es wollte mir auch niemand erklären, nicht mal meine Mutter. Die hatte mit sich zu tun. Ich meine das ohne Vorwurf, es ist einfach eine Tatsache. Die Einzige, der wirklich etwas an mir lag, war Eleanor." William seufzte schwer. „Ich hab noch nie mit jemandem so offen darüber geredet. Stattdessen hab ich immer alles in mich hineingefressen und versucht, meinen Groll und meine Traurigkeit alleine zu bekämpfen. Aber das ..." Es brachte den Satz nicht zu Ende.

„... das kostet zu viel Kraft", vollendete ihn Mariella an seiner statt.

„Viel zu viel. Mehr als ich hatte", bestätigte William. „Aber jetzt fühlt es sich anders an. Ich weiß, dass ich nicht allein bin." Er sah Mariella nun tief in die Augen. Sein Blick war so intensiv und auf merkwürdige Weise betörend, dass es fast unangenehm wurde. Seine smaragdgrünen Augen strahlten eine unnatürliche Tiefe aus, in der man sich verlieren konnte.

Mariella musste unweigerlich an den Vorfall im Steinkreis denken. „Äh, ja ...", stammelte sie und blinzelte ein paarmal. „Lass uns doch jetzt den Brief aufmachen", schlug sie eilig vor. „Sonst ist der Braten noch vor uns fertig."

„Genau", sagte William, der für einen Moment offenbar auch leicht irritiert gewesen war. „Das wollte ich gerade vorschlagen." Er nahm den Umschlag vom Tisch und schlitzte ihn mit dem antiken Brieföffner auf. Das Blatt faltete er behutsam auseinander und legte es flach auf dem Tisch ab, so dass sie beide den Inhalt lesen konnten.

„Liebster Gavin, es ist eine Woche vergangen und ich habe noch keine Antwort von dir erhalten, obwohl ich sehnsüchtig darauf warte. Vielleicht ist es auch zu früh und ich bin zu ungeduldig. Aber ich bitte dich, lass mich wissen, ob es dir dort drüben gut geht. Du ahnst nicht, wie sich eine Mutter sorgen kann. Ich weiß, du bist erwachsen und kannst deine eigenen Entscheidungen treffen. Und ich weiß auch, dass du deine Freiheit nicht aufgeben magst, aber zu welchem Preis? Überdenke es nochmal, bitte! Es wird sich alles regeln lassen – man muss es nur wollen. Ich habe mit O'Leary gesprochen, aber er kann sich leider an gar nichts erinnern. Trotzdem gebe ich die Hoffnung nicht auf. Tief in meinem Herzen spüre ich einfach, dass die Wahrheit einmal ans Licht kommen wird. In Liebe, deine Mamaidh."

Mariella blickte auf und beobachtete Williams Reaktion, der sich noch nicht von den Zeilen lösen konnte. Sein Gesicht spiegelte eine schwer zu deutende Gefühlsmischung irgendwo zwischen Trauer, Wut und auch Neugierde. „Ist alles okay bei dir?", fragte sie.

„Ja, alles gut", sagte William und sah sie an. „Ich wundere ich nur."

„Weil Sie O'Leary erwähnt hat, nehme ich an? Das ist mir zumindest aufgefallen."

William nickte. „Ich hab immer geahnt, dass er etwas über diesen Abend wusste. Aber ich bin wohl die letzte Person, der er es erzählen wollte."

„Ich ...", begann Mariella und verstummte gleich wieder.

Sollte sie das Thema vertiefen oder lieber William erzählen lassen?

Womöglich brauchte er die Gewissheit, alles in seinem Tempo angehen zu können. Sie wollte ihn keinesfalls drängen.

Er sah sie dennoch interessiert an. „Was möchtest du sagen?"

„Nichts. Ich musste nur an etwas denken, dass Heather gesagt hat."

„Ihr habt darüber gesprochen?", fragte William mit einer Portion Sorge in der Stimme.

„Nicht wirklich. Ich hatte ihr von den Briefen erzählt und die Fotos gezeigt, weil ich wissen wollte, was es damit auf sich hatte."

„Und was hat sie gesagt?"

„Dass deine Mutter erst 16 war, als sie mit dir schwanger wurde ... dass viel Alkohol im Spiel gewesen ist und nur Gavin und sie wüssten, was passiert ist. Aber Eleanor erwähnt nun O'Leary in ihrem Brief. Das klingt, als ob er womöglich auch irgendwie beteiligt gewesen war oder zumindest in der Nähe."

„Ich hab immer gewusst, dass da mehr war, als sie mir freiwillig erzählen. Irgendwas verschweigen sie immer noch", sagte William mit grimmigem

Unterton. „Vielleicht hätte ich diese Briefe doch früher öffnen sollen. Oder sie verbrennen, ich weiß einfach nicht mehr, was ich glauben soll."

„Wir halten uns an den Plan", sagte Mariella bestimmt. „Ein Schritt nach dem anderen, ein Brief nach dem anderen. Okay?"

William nickte schwach. „Gut, ja. Du hast natürlich recht." Er steckte den Brief wieder in den Umschlag und stand auf. „Wir sehen uns zum Abendessen, der Braten braucht noch eine Stunde. Und ich auch."

„Alles klar, nimm dir die Zeit. Ich schäle derweil Kartoffeln. Das krieg ich auch alleine hin", erklärte Mariella lächelnd und ging in Richtung Küche, während William die Treppe hochstieg.

23

In den nächsten zwei Wochen kehrte so etwas wie Normalität in Mariellas Leben zurück – oder zumindest spielten sich gewisse Routinen ein. Ein bis zweimal in der Woche fuhr sie zusammen mit Linda auf eine der kleineren Inseln, um an den Steinmauern zu arbeiten. Und an einem weiteren Vormittag half sie im Dorfladen aus, was sich als ausgesprochen kurzweilige Beschäftigung herausstellte. Schon bald kannte sie so ziemlich jeden der gut 170 Einwohner von Dunnwick und Umgebung. Einige waren fröhliche, aufgeschlossene Leute, andere wortkarge Stinkstiefel. Aber selbst diese Grantler übten eine gewisse Faszination auf Mariella aus. Die Menschen hier waren wie das Wetter, mal von frühlingshafter Heiterkeit geprägt und dann glichen sie wieder einer tiefhängenden finsteren Gewitterwolke. Man musste beides nehmen, wie es gerade kam. Das war eine sehr gute Übung für Mariella, die sich zunehmend hier zuhause fühlte.

Auch das Zusammenleben mit William klappte besser als je zuvor. Zwar hatte er immer noch gewisse Stimmungsschwankungen und verschwand, ohne Bescheid zu geben, das eine oder andere Mal für einen halben oder einen ganzen Tag spurlos, aber auch daran hatte sich Mariella mittlerweile gewöhnt. Denn trotz dieser Anwandlungen hielt sich William mit erstaunlicher Disziplin an ihren Plan. Regelmäßig trafen sie sich, um einen Brief zu öffnen. Bei schönem Wetter – welches nun Anfang Oktober immer seltener vorkam – setzten sie sich gemeinsam draußen auf die rote Bank, die früher schon Eleanors Lieblingsplatz gewesen war. Dann sahen sie den Wellen zu, die gegen die Küste brandeten, tranken einen Tee oder Kaffee und tauchten schließlich ein ums andere Mal in die Vergangenheit ein.

Wenn es draußen stürmte oder in Strömen goss, verlegten sie die nachmittägliche Zusammenkunft an den Esstisch, der sich als das zweite soziale Zentrum in ihrer ungewöhnlichen WG etabliert hatte.

Das Lesen in den alten Briefen hatte sich zwar als interessant und manchmal auch als aufschlussreich erwiesen, jedoch in der großen Frage, die über allem schwebte, hatte sich bisher noch nicht der entscheidende Durchbruch gezeigt. Womöglich hatte Eleanor es auch aufgegeben, danach zu suchen. Die Intervalle, in denen sie die Briefe geschrieben hatte, waren nun deutlich größer geworden. Seit Gavins überstürzten Verlassen der Insel waren mittlerweile zwei Jahre vergangen. Zuletzt hatte Eleanor berichtet, dass sie den jungen William und seine Mutter bei sich aufgenommen hatte, nachdem Patricias Familie die beiden kurzerhand auf die Straße gesetzt hatte. Über die Gründe stand nichts in dem letzten Brief, aber für William schien diese Erkenntnis dennoch interessant gewesen zu sein. Er hatte sich nicht daran erinnern können, wann genau sie hier eingezogen waren oder gar, wie es dazu gekommen war. Dem Datum des

Briefes nach muss es direkt nach Patricias achtzehntem und Williams ersten Geburtstag gewesen sein. Höchstwahrscheinlich hatten ihre Eltern beschlossen, dass ihre Tochter – so grausam es klingen mochte – nun volljährig und damit erwachsen sei und auf eigenen Füßen zu stehen habe. Dass sie das in ihrem jungen Alter, allein mit einem Baby und ohne Job niemals schaffen konnte, war klar und Mariella empfand nichts als Liebe für Eleanor, weil sie in dieser Notsituation so aufopferungsvoll für die beiden da gewesen war. Aber das schien nur wie ein Pflaster auf einer klaffenden Wunde.

Eleanor schrieb in ihren Briefen nicht im Detail, wie das Zusammenleben ausgesehen hatte, aber zwischen den Zeilen las man heraus, wie überfordert Patricia in ihrer Mutterrolle offenbar gewesen war.

Am Freitag Nachmittag kehrte Mariella gegen 15 Uhr von einer weiteren Arbeitsschicht mit Linda zurück, während der sie gut 100 Meter Steinmauern inspiziert und ausgebessert hatten. Der auffrischende Wind und diverse Regenschauer hatten es zu einer nasskalten und kräftezehrenden Angelegenheit gemacht. Mariella freute sich darauf, die durchnässten Sachen loszuwerden und sich nach einer heißen Dusche in ihr Bett zu kuscheln.

Während sie sich wenige Minuten später das warme Wasser über den Rücken laufen ließ, musste sie plötzlich an ihre Zeit in Berlin denken. An einem Freitag wie diesem wäre sie wohl direkt aus der Agentur mit einigen Kollegen in die nächste Bar getigert, um sich für die brutal stressige Woche mit Cocktails zu belohnen. Doch das war reine Augenwischerei gewesen, das erkannte sie nun. Sie hatte die sinnbefreite Arbeit in der Agentur mit einer ebenso nutzlosen Abendgestaltung kompensieren wollen. Und sie war damit nicht weit gekommen, denn nach einem Wochenende, das keine echte Erholung gebracht hatte, war sie wieder in die gleiche Tretmühle eingestiegen, die sie die Woche davor schon gefangen gehalten hatte. Noch dazu sprinteten in diesem irren Hamsterrad alle mit ausgefahrenen Ellbogen um die Wette. Mariella musste unweigerlich den Kopf schütteln. Wieso war man manchmal nur so blind für das, was direkt vor den eigenen Augen geschah? Wieso war man trotz der angeblichen Abgebrühtheit doch immer wieder so naiv?

Sie schob diese Gedanken beiseite, stieg aus der Dusche und trocknete sich ab. Es war Freitag Abend, na und? Wer sagte, dass man da irgendetwas tun musste? Die Möglichkeiten hier auf der Insel waren ohnehin arg begrenzt – doch selbst wenn es anders wäre, sie konnte sich kaum etwas Schöneres vorstellen, als unter ihrer Decke zu liegen, während der Herbstwind rauschend ums Haus fegte.

In ihrem Zimmer warf sich Mariella aufs Bett und spürte die weiche Daunendecke, die sich perfekt an ihren Körper schmiegte. Das Bett war ihr noch nie so gemütlich vorgekommen, wie in diesem Augenblick, es schien sie einsaugen und in einer watteweiche Welt entführen zu wollen. Eine leise Stimme begleitete sie, deren Worte sie jedoch nicht verstand. Noch bevor sich Mariella darüber Gedanken machen konnte, war sie auch schon eingeschlafen.

24

Mitten in der Nacht schrecke Mariella hoch. Ein wütendes Grollen fuhr ihr durch Mark und Bein. Dann zuckte hinter dem Fenster ein gleißender Blitz über den Himmel. Er verlieh den aufgewühlten düsteren Sturmwolken Kontur. Doch nur für einen kurzen Moment, dann schlug die Finsternis erneut zu und der wütende Donner folgte auf dem Fuße.

Es herrschte rabenschwarze Nacht dort draußen und auch in ihrem Zimmer gab es keinen Funken Licht. Die sonst so grellrot leuchtenden Ziffern des altmodischen Radioweckers waren erloschen.

Mariella betätigte den Schalter der kleinen Leselampe neben dem Bett. Nichts tat sich. Alles blieb dunkel. Der Strom musste ausgefallen sein.

Nun tastete sie instinktiv nach ihrem Smartphone, das sie in der Schublade des Nachttischchens aufbewahrte. Es war immer noch ausgeschaltet und Mariella legte es zurück, da sie keine Lust hatte, jetzt von einer Nachrichtenflut überschüttet zu werden, nur um die Taschenlampenfunktion nutzen zu können.

Wieder ging draußen ein Blitz nieder, der das Zimmer in gespenstisches Licht tauschte. Mariella stieg aus dem Bett und schlüpfte in die Hausschuhe.

Wo war der Sicherungskasten? Vielleicht hatte der Blitz in der Nähe eingeschlagen und irgendwelche

Schutzschaltungen ausgelöst? Gab es so etwas in diesem alten Haus überhaupt? Vermutlich würde sie William wecken müssen.

Langsam schlich sie zur Tür und öffnete sie einen Spalt. Als sie den Kopf hinausstreckte, sah sie unten am Ende der Treppe rotorange flackerndes Licht.

William musste bereits Kerzen angezündet haben. Dieses Licht wirkte selbst auf die Distanz magnetisch anziehend auf sie, so warm und behaglich schien es nach oben, während draußen der Herbststurm tobte. Sie trat aus der Tür und ging auf die Treppe zu. Sie spürte bereits jetzt ein verräterisches Kribbeln in ihrer Magengegend, von dem sie nicht sagen konnte, woher es kam. Lag es an dem aufgewühlten Wetter? An der Dunkelheit? Wider besseren Wissens beschloss sie, das Gefühl vorerst zu ignorieren, und stieg die Stufen hinab.

Dann sah sie William. Er stand vor dem lodernden offenen Kamin, der den Raum mit wohliger Wärme und knisternder Atmosphäre flutete. Mariella tat ein paar Schritte und der Dielenboden knarrte dabei.

William drehte sich ganz langsam zu ihr um. Er trug ein langes, altmodisches Leinenhemd, das ihn wirken ließ wie einen Highlander aus vergangenen Jahrhunderten. Seine smaragdgrünen Augen spiegelten das flackernde Feuer und ein leichtes Lächeln umspielte seine Lippen.

Für einen Augenblick schien die Zeit stillzustehen, während die beiden dastanden und sich ansahen.

War das hier die Wirklichkeit oder einer der intensiven Träume, die sie schon seit ihrer Ankunft auf der Insel heimsuchten?

Mariella konnte spüren, wie ihr Herz immer wilder in ihrer Brust pochte, als sie schließlich näher zu ihm trat.

Das Prasseln des Feuers vermischte sich mit dem Donnergrollen von draußen und ließ sie alles um sich herum vergessen.

Ohne ein Wort zu sagen, streckte William ihr eine Hand entgegen.

Mariella ergriff sie ebenso wortlos. Nichts, das sie sagen könnte, würde in diesem Moment angemessen klingen.

Er führte sie sanft näher an den Kamin heran. Die Hitze des Feuers umhüllte Mariella, während Williams Blick sie festhielt. Sie ließen sich langsam auf dem Teppich nieder und William öffnete ein altes Buch, das auf einem Beistelltisch gelegen hatte.

Sie wusste, dass dies eines seiner Notizbücher war, in denen er Gedichte und Skizzen aufzeichnete, die er bislang wie ein Geheimnis gehütet hatte. Doch nun wollte er sich ihr offenbaren. Mit leiser, sonorer Stimme begann er, aus dem Buch vorzulesen.

Mariella verstand die Worte nicht, denn anscheinend war das Gedicht auf Gälisch verfasst worden. Dennoch spürte sie unbewusst die Bedeutung, die in ihnen lag. Sie konnte den Sinn mehr fühlen als mit dem Verstand erfassen.

Während Williams poetische Verse den Raum erfüllten, glitt Mariella fast wie in Trance. Jedes Wort berührte sie auf eine Art, die sie nicht beschreiben konnte. Fiel sie gerade in eine erneute magische Vision, wie jene am Steinkreis?

Nun legte William das Buch beiseite und sah Mariella wieder tief in die Augen. In diesem Moment wusste sie endgültig, dass sie sich zu ihm hingezogen fühlte – auf eine Weise, die sie noch nie zuvor erlebt hatte. Und auch auf eine Weise, die eigentlich nicht sein durfte! Doch, sie war kaum mehr in der Lage, etwas dagegen zu tun. Sie beugte sich vor und küsste ihn leidenschaftlich. Es fühlte sich richtig an, wie zwei Seelen, die endlich zueinandergefunden hatten.

Noch ein letztes Mal flüsterte in Mariellas Geist eine mahnende Stimme: Was tust du denn da? Das kann doch nicht wahr sein! Doch der Anblick von William vor ihr war so verführerisch, dass alle Zweifel in den Hintergrund traten. Sie konnten nicht voneinander ablassen, als würden sie von unsichtbaren Fäden aneinandergebunden.

Der Flammenschein des Kamins tanzte zuckend über die Steinwände des alten Cottage. Mariella spürte immer deutlicher, wie eine unbekannte Energie zwischen ihnen zu pulsieren begann, mit jedem Atemzug noch inniger als zuvor.

William legte sanft seine Hand auf ihre Wange und flüsterte auf Gälisch einige Worte, die sich tief in ihr Herz gruben. Sein Atem streifte ihre Lippen, als er ihr seine tiefsten Geheimnisse zuflüsterte. Er sprach von bedingungsloser Liebe und herbem Verlust, von geplatzten Träumen und den Wirrungen des Schicksals.

Mariella schloss die Augen, sie war gefangen in einem magischen Netz, das sich um sie beide webte. Es war wie ein Rausch, aus dem es kein Erwachen zu geben schien. In diesem Augenblick gehörten sie einander, verbunden durch unsichtbare Bande der Vergangenheit und der Zukunft.

***

Als der Morgen graute, erwachte Mariella und konnte sich nur noch schemenhaft an das Geschehen dieser Nacht erinnern. Der Sturm war abgeklungen, und die Ruhe, die über dem alten Haus lag, wirkte beinahe surreal. Mariella nahm den sanften Schein der Morgendämmerung wahr, der durch die Fenster drang.

Urplötzlich zuckten Erinnerungsfetzen an die vorherige Nacht wie Blitze durch ihren Geist. Sie setzte sich ruckartig auf. Dieser Kuss! Das hätte nicht passieren dürfen! War etwa noch mehr passiert? Hatte sie etwas Unglaubliches getan, etwas Unverzeihliches? Sie konnte sich nicht erinnern, was später geschehen war. Panik stieg in ihr auf und ihr Herz begann wild zu hämmern. Wie konnte sie nur so leichtsinnig gewesen sein?

Doch dann wurde ihr bewusst, dass sie in ihrem Bett lag – ohne zu wissen, wie sie dort hineingekommen war. Allmählich beruhigte sie sich ein wenig. Womöglich hatte sie das Bett gar nicht verlassen? War es doch nur ein völlig verrückter und dennoch so eindringlicher Traum gewesen?

Das alles schien ihr auf einmal so unwirklich und zugleich erfüllt von einer unbestreitbaren Intensität. Sie wusste nicht mehr, was sie glauben sollte.

Die Erinnerungen an diese stürmische Nacht mit William tanzten immer vor ihren Augen wie Schatten und Gespenster. Auch das Knistern des Kamins hallte noch ganz leise in ihren Ohren nach. Doch die Wärme, die sie gespürt hatte, war verflogen.

Diese Reise nach Orkney führte sie wahrlich an ihre Grenzen! Grenzen, von denen sie bisher nicht einmal geahnt hatte, dass sie existierten.

25

Nach einer guten halben Stunde hatte Mariella sich einigermaßen gefasst und war sich nun relativ sicher, dass außer den leidenschaftlichen Gedichten und dem unfassbar dummen Kuss nichts weiter geschehen war – wenn überhaupt. Sie bemühte sich redlich, sich einzureden, dass alles nur ein Traum gewesen sein konnte.

Sie ging zum Kleiderschrank und nahm sich frische Sachen heraus. Kaum war sie fertig mit Anziehen, drang von unten das Klingeln an der Haustür und ein energisches Pochen an ihr Ohr. Wer konnte das sein in aller Frühe?

Sie warf einen Blick zum Wecker, um die Uhrzeit zu erfahren, aber nach dem Stromausfall blinkten die Zahlen bei 02:26 Uhr, was definitiv falsch war und nur hieß, dass der Strom seit knapp zweieinhalb Stunden wieder da war. Und das bedeutete, diesen Punkt hatte sie nicht geträumt. Der Sturm war real gewesen.

Ein weiteres Mal klingelte es.

Mariella zögerte noch einen Moment. Wenn sie jetzt hinunter ging, lief sie wahrscheinlich William in die Arme – und das war so ziemlich das Letzte, was sie gerade wollte.

Zum dritten Mal klingelt es und Mariella lief nun doch aus dem Zimmer und dann die Treppe hinab.

Sie huschte am Wohnzimmer vorbei und roch einen Hauch von kaltem Rauch. War der Kamin benutzt worden oder bildete sie sich das nur ein? Sie hatte keine Zeit, sich darüber den Kopf zu zerbrechen, denn sofort pochte es wieder an die Tür.

Mariella öffnete und sah, dass Linda draußen stand. Diese vergeudete keine Zeit mit einer Begrüßung. „Ist Andrew bei euch?"

„Andrew ... hier? Wie kommst du darauf?", erwiderte Mariella irritiert.

„Ich weiß, ja ... aber sonst hab ich schon im ganzen Dorf gefragt. Er ist weg."

„Weg?"

„Keine Ahnung. Wohl schon seit heute Nacht. Vielleicht ist er wegen des Sturms los, um etwas an dem Kraftwerk zu sichern, oder ... keine Ahnung! Er hat niemandem Bescheid gesagt, dieser dumme Hund!"

„Komm erstmal rein", meinte Mariella.

Doch Linda schüttelte den Kopf. „Ich muss die Küste absuchen. Vielleicht ist ihm was passiert."

„Aber ... gibt es denn keine Rettungskräfte, die ..."

„Die paar Leute, die wir haben, sind alle beschäftigt, die Sturmschäden zu beseitigen. Wir müssen uns selbst helfen."

„Okay, dann komme ich mit!", sagte Mariella. „Ich hole nur meine Jacke." Sie drehte sich um und sah William im Flur hinter ihr stehen, mit zerknittertem Gesicht und einem undeutbaren Ausdruck darauf. „Wir ... Andrew ist verschwunden, ich ...", setzte sie zur Erklärung an.

William nickte. „Hab es gehört. Ich helfe auch mit."

Mariella setzte instinktiv zu einer Erwiderung an, aber wusste nicht, was sie sagen sollte. Jetzt war definitiv nicht der Zeitpunkt, um zu diskutieren. Sie nickte nur stumm, schnappte sich ihre Jacke vom Haken und wandte sich wieder um.

Wenige Minuten später saßen die drei in Lindas Auto und fuhren an der Westküste der Insel gen Norden, um die Küste abzusuchen.

Die raue Landschaft der Insel zog an ihnen vorbei, die Wellen brandeten wie üblich gegen die Felsen, zwischen denen viel mehr Treibholz und Seetang hing als sonst. Mariella konnte den Sturm der letzten Nacht immer noch in der Luft spüren.

Sie klapperten die diversen Messstationen ab, mit denen Andrew für gewöhnlich Wellengang und Gezeiten protokollierte. Doch nirgends fand sich eine Spur von ihm oder seinem Wagen.

Linda kostete es offensichtlich einige Mühe, ihre wachsende Besorgnis zu verbergen und konzentrierte sich auf die Straße, auf der sich immer wieder Überreste des wütenden Unwetters fanden.

Mariella konnte sich kaum vorstellen, wie gefährlich es gewesen sein musste für Andrews, sich heute Nacht alleine hier draußen aufzuhalten.

Solche Nächte taugten nicht für leichtsinnige Alleingänge, sondern bestenfalls als Nährboden für Legenden, die sich um raue Inseln rankten. Geschichten von Geistern, die in den stürmischen Nächten ihr Unwesen trieben, von Seeungeheuern und Sirenen, von Schiffen, die von den Naturgewalten zerschmettert wurde.

Mariella musste an ihre eigenen unwirklichen Erfahrungen aus der letzten Nacht denken. Sie warf einen verstohlenen Blick zu William, der auf der Rückbank saß und ebenfalls in Gedanken versunken schien. Grübelte auch er darüber nach, was geschehen war? Falls etwas geschehen war!

Sie erreichten den nordwestlichen Zipfel der Hauptinsel, wo etwa 500 Meter vor dem Brough of Birsay das experimentelle Wellenkraftwerk festgemacht war. Der Brough of Birsay war je nach aktueller Gezeit entweder eine kleine Insel oder eine Landzunge, die in den Nordatlantik hineinragte. Bei Ebbe konnte man sie trockenen Fußes erreichen und dort den Leuchtturm oder die Überreste einer historischen mittelalterlichen Kloster-Siedlung besichtigen.

Linda bremste ab und deutete nach vorne, wo Andrews Jeep verlassen und einsam auf dem Besucherparkplatz stand. „Da ist sein Wagen!", rief sie und sprang aus dem Auto. Mariella und William folgten ihr hastig. Hier oben an dieser exponierten Stelle pfiff der Wind noch deutlich stärker als im Landesinneren. Sie liefen zum Jeep hinüber und spähten durch die Fenster ins Innere. Auf dem Beifahrersitz lagen Andrews Jacke und sein Rucksack. Ansonsten schien alles unberührt.

„Wo steckt er nur?", fragte Linda mit zitternder Stimme. „Hoffentlich ist ihm nichts passiert!"

William legte ihr beruhigend eine Hand auf die Schulter. „Wir finden ihn. Er kann nicht weit sein."

„Andrew!", schrie Linda, so laut sie konnte.

Auch Mariella stimmte ein und rief ein paarmal seinen Namen.

William sah sich derweil in der Gegend um. Auf Mariella wirkte es so, als suche er nach irgendeinem Anhaltspunkt.

„Wo steckt er?", fragte Linda aufgebracht, dann spähte sie hinaus aufs Meer, in jene Richtung, in der das Kraftwerk lag – wo es bisher gelegen hatte. „Es ist weg!", keuchte sie.

„Der Sturm?", fragte William. „Es war doch sicherlich verankert?"

„Natürlich!", erwiderte Linda. „Irgendwas muss passiert sein."

„Und Andrew ist bei Sturm rausgefahren, um es zu richten. Typisch. Er war schon immer ein Draufgänger", kommentierte William.

Mariella legte ihm die Hand auf den Arm und bedeutete ihm, das lieber nicht weiter auszuführen, da Linda sowieso schon mit den Nerven am Ende war.

„Tut mir leid", schob William nach. „Ich ...", setzte er an, dann schüttelte er den Kopf. „Lasst uns den Strand absuchen." Er ging voraus in Richtung Insel.

Mariella, William und Linda liefen über die schmale Landzunge hinüber zum Brough of Birsay. Der Leuchtturm ragte wie ein wachsamer Beobachter über der Szenerie auf, doch selbst er schien heute keine Antwort auf die bange Frage nach Andrews Verbleib zu haben.

Schweigend folgten sie dem felsigen Pfad, der an den Ruinen des alten Klosters vorbei in Richtung Leuchtturm führte. Der Wind heulte um die verfallenen Gebäude und ließ die kargen Reste der Mauern noch trister wirken. Eine Atmosphäre der Beklommenheit lag über dem Ort, so als wollten die Geister der Vergangenheit sie mahnen.

„Andrew!", rief Linda erneut, und ihre Stimme wurde vom Wind davongetragen. Nur das Kreischen der Möwen antwortete ihr.

Sie suchten nun weiter unten die felsige Küste ab, kletterten vorsichtig über glitschige Steine und spähten in jede Felsspalte. Der Wind zerrte an ihren Jacken und die Gischt der Wellen peitschte ihnen ins Gesicht. Doch von Andrew war weit und breit nichts zu sehen.

Schließlich erreichten sie eine kleine Bucht, die von schroffen Klippen umgeben war. Hier schien der Sturm besonders heftig gewütet zu haben. Der schmale Strand war übersät mit Treibholz, Seetang und allerlei Trümmern, die die Flut angespült hatte.

„Dort drüben!", rief William plötzlich und deutete auf etwas, das zwischen den Felsen im seichten Wasser trieb. Sie liefen näher heran und erkannten die Überreste eines Bootes, das von den Wellen an die Felsen geschleudert und zerschmettert worden war.

Linda schluchzte auf und sackte vor den Bootstrümmern auf die Knie. „Nein, nein! Das darf nicht wahr sein", rief sie mit tränenerstickter Stimme. „Andrew! Oh mein Gott, Andrew!" Sie vergrub das

Gesicht in den Händen und schluchzte hemmungslos, während ihr ganzer Körper bebte.

Mariella und William wechselten einen bestürzten Blick. Sie knieten sich neben Linda in den nassen Sand und legten ihr tröstend die Arme um die Schultern. „Nicht aufgeben, Linda", flüsterte Mariella mit belegter Stimme. „Das muss noch gar nichts heißen."

„Er kann nicht tot sein, er kann einfach nicht tot sein", wimmerte Linda. „Wir wollten doch heiraten und eine Familie gründen. Das kann doch nicht alles vorbei sein!" Ein weiterer Weinkrampf schüttelte sie.

William stand nun ruckartig auf und drehte sich mit einem seltsam verklärten Gesichtsausdruck ein paar Mal im Kreis.

„Vielleicht ...", setzte er an und verstummte wieder. Er wirkte wie in einer Vision gefangen.

William fuhr sich mit der Hand über die Stirn, so als wolle er seine Gedanken ordnen. Dann wandte er sich an Mariella und Linda. „Ich glaube, ich weiß, wo wir noch suchen müssen!"

Die beiden Frauen sahen ihn fragend an.

„Als Andrew und ich noch Kinder waren, sind wir oft hier draußen herumgestreunt. Wir haben Abenteuer gesucht und uns vorgestellt, wir wären Piraten oder Entdecker." Ein wehmütiges Lächeln huschte über sein Gesicht, als die Erinnerungen an die unbeschwerten Tage seiner Kindheit in ihm aufstiegen. „Es gibt da eine Höhle, nicht weit von hier. Sie ist ziemlich versteckt zwischen den Klippen und nur bei Ebbe zugänglich. Damals war sie unser geheimes Versteck."

Mariellas Augen weiteten sich. „Meinst du, er könnte dort Schutz gesucht haben?"

William nickte entschlossen. „Es ist unsere letzte Hoffnung." Er deutete die Küste entlang. „Die Höhle liegt dort drüben, hinter jener Felsnase. Aber wir müssen uns beeilen. Die Flut kommt bald zurück und dann ist der Zugang versperrt!"

Ohne zu zögern, half er Linda auf die Beine. Sie wischte sich die Tränen aus dem Gesicht, ein letztes Fünkchen Hoffnung glomm in ihren rotgeweinten Augen. Gemeinsam hasteten sie über den mit Treibgut übersäten Strand, stolperten zwischen glitschige Felsen und Tangbüscheln hindurch. Der Wind zerrte immer noch an ihren Kleidern wie ein feindseliges Wesen, das sie zurückhalten wollte. Doch sie kämpften verbissen dagegen an, getrieben von der Sorge um Andrew.

Endlich erreichten sie die markante Felsnase, die wie ein Bollwerk in die tosende See ragte.

William führte sie um diese herum an eine Stelle, wo sich ein schmaler Spalt zwischen den Klippen auftat. Das Wasser schäumte bereits um ihre Knöchel, als sie sich hindurchzwängten. Dahinter öffnete sich die Höhle wie ein dunkler Schlund.

„Vorsicht, es ist glatt", warnte William und tastete sich als Erster in die Finsternis vor. Seine Schritte hallten von den feuchten Felswänden wider. Mariella und Linda folgten ihm, eng aneinandergedrängt. Mariellas Herz hämmerte vor Aufregung und Angst. Was, wenn sie Andrew nicht fanden? Oder wenn sie ihn fanden, aber …

„Andrew!", rief William in die Dunkelheit. „Andrew, bist du hier?"

Stille antwortete ihm, nur durchbrochen vom Tosen der Brandung, die draußen gegen die Klippen donnerte. Linda leuchtete mit der Taschenlampe ihres Handys, während sie tiefer in die Höhle eindrangen und sich Schritt für Schritt vortasteten.

Etwas weiter hinten ging es sachte bergauf auf ein kleines Plateau.

Als der Strahl von Lindas Handylampe über das Plateau huschte, stießen alle drei einen erstickten Schrei aus. Dort, halb verborgen hinter einem Felsvorsprung, lag eine reglose Gestalt!

„Andrew!" Linda stürzte vor und kniete neben ihm nieder. Zitternd tastete sie nach seinem Puls, während Tränen über ihre Wangen strömten. „Er lebt!", hauchte sie ungläubig. „Gott sei Dank, er lebt!"

Mariella und William eilten zu ihr. Im Licht der Handylampe sahen sie, dass Andrew bewusstlos war. Eine Platzwunde an seiner Stirn blutete und sein linkes Bein war der Länge nach aufgeschürft, der Knöchel dick geschwollen. Doch seine Brust hob und senkte sich – ein Lebenszeichen!

„Schnell, wir müssen ihn hier raus schaffen, bevor die Flut den Eingang verschließt!", drängte William und zog seine Jacke aus, um sie um Andrews ausgekühlten Körper zu legen.

Mit vereinten Kräften hoben sie den bewusstlosen Andrew hoch. William und Mariella fassten ihn unter den Armen, während Linda seine Beine stützte und darauf achtete, dass sein verletztes Bein möglichst wenig bewegt wurde. Vorsichtig balancierten sie ihn über die glitschigen Felsen zum Höhleneingang.

Das Wasser stand ihnen bereits bis zu den Waden und die Gischt spritzte ihnen salzige Tropfen ins Gesicht. Doch sie kämpften sich verbissen voran, Schritt für Schritt, immer den kostbaren Schatz in ihrer Mitte – Andrews Leben.

Als sie endlich ins Freie traten, atmeten sie erleichtert auf. Der graue Himmel wirkte nach der Dunkelheit der Höhle mit einem Mal strahlend hell. Der Wind empfing sie mit unverminderter Kraft, zerrte an ihren Haaren und ließ ihre nassen Kleider flattern.

Keuchend und schwankend trugen sie Andrew über den Strand zurück zur Landzunge. Jeder Schritt kostete unsägliche Mühe, doch sie hielten eisern durch, angetrieben von der Hoffnung, dass sie es rechtzeitig schaffen würden.

Andrew stöhnte leise, als sie ihn vorsichtig auf die Rückbank von Lindas Wagen legten. Sein Gesicht war aschfahl, die Lippen bläulich, doch er atmete – flach und rasselnd zwar, aber immerhin. Linda setzte sich zu ihm und bettete seinen Kopf auf ihren Schoß, während sie sanft über seine kalte Wange streichelte. „Halt durch, mein Liebling", flüsterte sie mit tränenerstickter Stimme. „Bleib bei mir!"

William setzte sich ans Steuer und ließ den Motor aufheulen. Der Wagen brauste los.

26

Nach etwas mehr als fünfzehn Minuten Fahrt hatten Linda, William und Mariella den immer noch bewusstlosen Andrew in die Notaufnahme des Krankenhauses in Kirkwall gebracht. Eine knappe Stunde warteten sie nun schon auf Nachricht der Ärzte. Aber es tat sich nichts. Das Flackern der Neonröhren, der Geruch von Desinfektionsmittel, das gedämpfte Stimmengewirr der Krankenschwestern – alles zog sich wie ein trüber Schleier über die Zeit.

Linda wollte den Wartebereich nicht verlassen, bestand aber darauf, dass wenigstens William und Mariella an die frische Luft gingen. „Ihr seht ja aus, als hättet ihr mit den Geistern der Nacht gerungen", murmelte sie und drückte Mariella einen Becher mit kaltem Kaffee in die Hand. „Wirf den beim Rausgehen weg, bitte."

Widerwillig stimmten sie zu und trotteten durch die Eingangstür nach draußen. Dort umfing sie die kühle Luft wie ein feuchtes Tuch.

Das Balfour Hospital war ein kleines regionales Krankenhaus, kaum fünfzig Betten, doch architektonisch eine Überraschung: mehrere unvollständige Kreisbogensegmente, fast wie ein zertretenes Schneckenhaus, das auf der Seite lag.

Der Wind fuhr über die gewölbten Glasdächer, ließ sie leise singen.

„Auf nen Kaffee in die Stadt?", fragte Mariella vorsichtig. „Das war alles so turbulent heute, wir sollten auf andere Gedanken kommen."

William schüttelte den Kopf. „Keine Lust aufs Stadtzentrum, zu viele Menschen. Lass uns lieber rauslaufen, am liebsten irgendwie durch die Felder. Grün heilt besser als Kaffee."

Also gingen sie los und folgten einem schmalen Weg hinaus, vorbei an kleinen Höfen, die schon in den Schlaf gefallen waren, über Weiden, wo Schafe die Wiesen mit hellen Tupfern übersäten. Das Gras war saftig grün, die Luft roch nach Salz und feuchter Erde. Vor ihnen zeichnete sich der Umriss des St. Olafs Cemetery ab – ein Feld aus schiefen Grabsteinen, von Flechten überwachsen, als hätte die Natur hier längst wieder die Oberhand gewonnen und das Areal zurückerobert.

„Und nun? Wollen wir reden?", fragte Mariella leise. Sie trat näher zu William, der stehen geblieben war, die Hände tief in den Manteltaschen, die Schultern hochgezogen, als müsste er sich gegen etwas wappnen, das man nicht sehen konnte.

„Du kanntest die Höhle?", fragte sie nach.

William nickte. „Ich und Andrew haben als Kinder da unten gespielt. Es gab nicht viele Jungs in meinem Alter. Die meisten wollten nichts mit mir zu tun haben. Bei Andrew war das anders. Zumindest eine Weile."

„Eure Freundschaft hat ihm jetzt wohl das Leben gerettet."

William seufzte leise. „Ach … na ja. Mag sein."

Sein Blick verlor sich am Horizont, wo das letzte Licht des Tages wie dünnes Gold zwischen den Wolken hing. „Vielleicht war's auch nur Zufall."

Mariella schwieg, spürte, wie sich die Kälte langsam durch ihre Schuhe fraß. Sie wollte fragen, ob er sich je wirklich zugehörig gefühlt hatte – aber irgendetwas hielt sie zurück. Stattdessen ging sie neben ihm weiter, ließ die Stille zwischen ihnen wachsen.

„Wir dürfen das nicht tun", sagte William schließlich.

„Was?", fragte sie.

„So tun, als wäre diese Nacht ... als wäre das alles einfach nur ein verrückter Traum gewesen. Als wäre nichts geschehen."

Mariella nickte kaum merklich. „Vielleicht sollte ich gehen." Es kam ihr selbst wie ein Verrat an sich vor, aber die Worte waren da, bevor sie sie aufhalten konnte.

William drehte sich abrupt zu ihr um. „Ich will das nicht." Seine Stimme war brüchig, fast heiser. „Wir wissen nicht ..." Er winkte ab. „Es waren sicher nur wirre Fantasien in einer stürmischen Nacht. Doch ... was, wenn nicht?" William schien mindestens so verwirrt wie sie selbst.

Mariella spürte, wie ihr Herz schneller schlug. „Du bist mein Bruder", sagte sie zögernd. „Oder?"

William sah sie lange an, dann schüttelte er kaum wahrnehmbar den Kopf. „Da bin mir nicht mehr so sicher."

„Wie bitte?"

Er trat einen Schritt näher, in seinem Blick spie-

gelt sich eine seltsame Mischung aus Furcht und Ver-
klärung. „Heute Nacht hatte ich nicht nur diesen
wunderschönen Traum von uns beiden", flüsterte er.
„Da war noch mehr. Später war mir, so als ob Eleanor
mir etwas mitteilen wollte. Etwas über uns. Aber ich
bin aufgewacht."

Mariellas Stimme war kaum hörbar. „Was denkst
du, wollte sie dir sagen?"

William sah an ihr vorbei, zu den Mauern des
Friedhofs, wo die Dunkelheit wie ein Tier lauerte.

Dann sagte er etwas, das sie ganz und gar nicht
erwartet hatte. Es war nichts Romantisches oder
Erhellendes, sondern etwas ebenso nüchternes wie
Bedrohliches. „Vielleicht ging es darum, dass wir
unsere Dämonen nicht wegsperren können. Dass wir
uns ihnen stellen müssen – irgendwann."

Mariella konnte die Worte nicht ganz begreifen,
spürte aber trotzdem eine tiefe Wahrheit darin.

Williams Blick blieb an einem Grabstein hängen,
der ein wenig heller aus dem Dunkel ragte. „Dort liegt
Patricia." Seine Stimme brach kurz. „Meine Mutter."

Mariella trat vorsichtig an seine Seite.

„Dort warten die Dämonen der Vergangenheit,
denen man sich stellen muss, oder?", flüsterte sie.

William nickte. „Ja, man muss sich stellen. Sonst
holen sie einen immer wieder ein."

Er ging langsam auf das Tor des Friedhofs zu,
blieb davor stehen, als wüsste er nicht, ob er eintreten
oder umkehren sollte.

Mariella legte eine Hand auf seinen Arm, spürte,
wie er kurz zusammenzuckte – dann, zögerlich, ließ

er es zu. „Komm", sagte sie leise. „Wir gehen zusammen."

Sie traten durch das knarzende Tor, hinein zwischen die Grabsteine. Der Wind legte sich für einen Moment, als würde er ihnen diesen Augenblick schenken.

Und so standen sie vor Patricias Grab, die Vergangenheit wie ein Schatten zwischen ihnen – aber auch etwas Neues, Zartes, das sich jenseits aller Dunkelheit den Weg ans Licht bahnen wollte.

Vielleicht, dachte Mariella, konnte das ein Anfang sein. Kein strahlender, kein einfacher. Aber ein echter.

Und als William schließlich leise flüsterte: „Danke, dass du geblieben bist", wusste sie, dass es für ihn Licht am Ende des Tunnels geben musste, selbst wenn er das selbst noch nicht erkennen konnte.

Die Dämonen würden wohl nie ganz verschwinden – aber irgendwann würden sie kleiner und schwächer werden, sobald man aufhörte, sie mit Angst zu nähren. Sie wollte William so gerne dabei helfen – wenn er es zuließ.

27

Warmes Licht erhellte das Innere des Cottage, während draußen unablässig dunkle Wolken über den Himmel zogen. Das alte Haus trotzte dem rauen Klima schon so lange, dass es keine große Sache mehr zu sein schien. Mariella konnte hören, wie der Wind mit einem heiseren Seufzen um die Mauern strich, wie er es wohl schon seit hundert Jahren tat. Der Sturm der letzten Nacht schien weitergezogen.

Der alte Holztisch, auf dem Eleanor einst ihre Briefe geschrieben hatte, war nun ein Schlachtfeld aus Erinnerungen. Mariella fuhr mit den Fingern über das brüchige Papier eines Briefes, als könnte sie Eleanors Puls darin fühlen.

Gleich nach dem Gespräch mit William hatte sie beschlossen, der Wahrheit auf den Grund zu gehen. Die Dämonen beiseite zu jagen! Sie wollte die nötige Kraft aufbringen, an der es William zuweilen mangelte. Der Friedhof hatte ihm zugesetzt. Nach dem Besuch am Grab seiner Mutter war William wieder in die alte Schweigsamkeit verfallen und Mariella konnte sich vorstellen, dass er nicht noch tiefer in die düstere Vergangenheit eintauchen wollte. Aber sie konnte es! Sie hatten die Briefe zu lange ruhen lassen.

Nun überflog sie die Zeilen in der schnörkeligen Handschrift ihrer Großmutter auf der Suche nach den entscheidenden Erkenntnissen.

„Mein lieber Gavin, ich schreibe dir in einer Nacht, die so schwarz ist, dass selbst der Wind seinen Weg verloren zu haben scheint. Ich sehe den Mond nicht mehr – und ich frage mich, ob der nächste Tag noch kommen mag."

Mariella schloss die Augen. Das Bild der alten Frau, die im Schein einer einsamen Kerze an ihren Sohn schrieb, erschien vor ihrem geistigen Auge. Eleanor, die sanftmütige Frau, deren Worte so oft Wärme und Vertrautheit ausstrahlten, wenn Mariella sie las, aber im nächsten Moment schon wieder wirkten wie kalte Finger, die über ihre Haut glitten, so traurig und verzweifelt klangen sie.

„Ich habe dich oft gefragt, was damals wirklich geschehen ist, in jener Nacht, als William gezeugt wurde. Du hast geschwiegen. Vielleicht, weil du es tatsächlich nicht mehr weißt und das Schlimmste fürchtest. Ich muss mir vorwerfen, dass ich das zu lange akzeptiert habe. Aber jetzt spüre ich, dass meine Zeit knapp wird. Und ich will nicht, dass du, wenn ich eines Tages nicht mehr bin, diese Last und diese Ungewissheit weiter mit dir herumträgst."

Mariellas Herz schlug schneller. Oben im Haus, eine Etage über ihr, ging William auf und ab. Sie hörte seine Schritte auf dem Dielenboden knarzen. Er wusste nicht, dass sie die Briefe alleine weiter las. Und sie hatte ein mulmiges Gefühl dabei. Sie grübelte. Sollte er nicht dabei sein? Schließlich ging es mehr um ihn als um sie. Aber sie verwarf den Gedanken. Er hatte auf dem Nachhauseweg so gewirkt, als hätten ihn die Schatten fest im Griff, noch unerbittlicher als üblich. Sie hoffte, dass dies nur von kurzer Dauer sein würde. Vielleicht gelang es ihr, dabei zu helfen, sie endgültig abzuschütteln?

Plötzlich fegte ein heftiger Windstoß gegen das Haus, ließ die Fensterläden klappern. Würde es doch eine weitere unruhige Nacht werden? Mariella rang sich dazu durch, weiterzulesen – ohne William.

„Williams Mutter war so zerbrechlich, als sie zu uns kam, voller Furcht. Sie suchte Schutz – und ich wollte ihr diesen Schutz geben. Aber ich wusste, dass der Schatten, vor dem sie floh, immer noch dort draußen lauerte. Man hatte nur den Mantel des Schweigens über alles gebreitet."

Mariella hielt den Atem an. Der Schatten lauerte noch dort draußen? Sie wünschte sich, Eleanor würde ihn endlich beim Namen nennen, damit es Gewissheit gab!

„Ich habe lange gebraucht, um die Zeichen zu deuten. Die Drohungen, das Schweigen von Patricia. Aber nun weiß ich, was in jener Nacht geschah – was man ihr angetan hat. Und wie William in diese Welt kam."

Ein Schaudern zuckte über Mariellas Rücken. Sie fühlte sich mit einem Mal so, wie Eleanor die junge

Patricia beschrieb: Wie sie als Mädchen, das nach der Trennung der Eltern nachts wach lag, die Decke über den Kopf gezogen, weil die Welt draußen zu kalt und zu grässlich war. Längst hatte sie geglaubt, das alles hinter sich gelassen zu haben. Doch beim Lesen der Briefe wurde ihr deutlich, dass sie auch ihre ganz eigenen Dämonen zu besiegen hatte.

Sie lehnte sich zurück, lauschte dem Heulen des Windes draußen. Oben verstummten Williams Schritte für einen Moment. Als hätte er geahnt, was sie in den Händen hielt.

Welch unsinnige Gedanken! Mariella tadelte sich selbst. Vermutlich ging er zu Bett. Oder er setzte sich an den Schreibtisch, um seine Gefühle in Lyrik zu kleiden.

„Gavin, ich flehe dich an: Komm zurück. Bevor es zu spät ist. Die Vergangenheit ist kein stiller See. Sie ist ein Moor, das jeden verschlingt, der glaubt, darüber hinweggehen zu können. Wir müssen reden. Du musst erfahren, was wirklich geschehen ist – und von wem das ganze Übel ausging. Es ist an der Zeit, dass du es erfährst. Du bist nicht der Schuldige!"

Der letzte Absatz war hastig geschrieben, das Tintenbild leicht verwischt. Vielleicht war es Tränen.

„Ich fürchte, dass William bald selbst nach Antworten suchen wird. Und ich weiß nicht, was er finden wird. Aber wenn einer von euch Klarheit schaffen kann, dann du."

Mariella zog die Schatulle zu sich, betrachtete die verbliebenen Briefe. Für heute war es wahrlich genug gewesen. Sie wusste, dass Gavin diese Zeilen nie gelesen hatte. Alle Briefe waren unbeantwortet geblieben. Dennoch verdienten sie es, gelesen zu werden. Nicht nur wegen William und ihr selbst, auch wegen Eleanor, deren Geist immer noch ruhelos umherzog.

Nun legte sie den gelesenen Brief zurück, stand auf und ging zum Fenster, an das die Regentropfen prasselten.

Die rote Bank, die sie bei ihrer Ankunft so fasziniert hatte, wirkte nun fast schwarz. Darauf sammelten sich Tropfen zu kleinen, dunklen Spiegeln.

Mariella seufzte. „Warum bist du hier, Mariella?", fragte sie sich selbst. „Um zu fliehen? Oder um endlich anzukommen?" Sie schüttelte den Kopf, machte kehrt und löschte das Licht. Heute würde sie keine Antworten mehr finden.

28

„Es gibt Dinge, die begraben bleiben wollen, Mariella." Heather schenkte ihr den Tee ein, als beginge sie eine Zeremonie.

Mariella sah auf Heathers Finger, faltig und von der Arbeit gezeichnet, aber auch ruhig und sicher in ihren Bewegungen. Heather war eine Frau, die mit sich selbst und dem Schicksal im Reinen war.

Dampfend stieg der Geruch von Salbei, Fenchel und einer Spur Lavendel auf. Sie fühlte sich immer noch seltsam klein in Heathers Küche, zwischen den Gläsern voller getrockneter Blätter und Kräuter.

„Aber ich spüre, dass dieses Geheimnis nicht begraben bleiben darf. Es betrifft mich, William, Gavin, die ganze Familie," flüsterte Mariella.

Heather hob eine Augenbraue. „Aber bist du dir sicher, dass du die Wahrheit schon gefunden hast?"

In Mariellas Kopf rauschte es. Bilder flackerten auf: Williams Gedichte, Fragmente aus dem Briefen, die seltsamen Visionen und Erlebnisse, die unerklärlichen Zeichen. Aber auch die Eigenheiten der Bewohner und ihre zuweilen schweigsame Art. Da blitzte ein Bild von der alten Margaret auf, die ihr stets einen besorgten Blick zuwarf. Da war Harry Kavanagh, der sagte: „Sei vorsichtig mit dieser Insel. Sie gibt viel, aber sie nimmt auch." Und auch der Wirt des Pubs, O'Leary, der zwar nett, aber im Kern auch unergründlich war. Irgendwie ahnte sie schon lange, dass hinter seiner feuchtfröhlichen Fassade ein finsterer Abgrund lag.

Mariella nahm einen Schluck vom Tee. „Es muss ans Licht, Heather. William muss alles wissen, damit er das Unglück, das an ihm zu haften scheint, abwerfen kann!"

„Nun, aber bevor vielleicht alles besser werden kann, wird alles erst einmal schlimmer werden. Diese Insel ist klein, das Dorf noch kleiner. Ich will nicht, dass du zwischen die Fronten gerätst." Heather lächelte Mariella an, aber ihre Augen verliehen ihren Worten Eindringlichkeit.

Mariella verstand sehr gut, was sie meinte. Eleanors letzter Brief war wie eine Zündschnur, die sie im Begriff war, anzuzünden. „Ich werde in Ruhe über alles nachdenken", sagte sie und schenkte Heather ein Lächeln. „Aber wenn Eleanor keine Ruhe geben kann, wieso sollte ich es dann?"

Heather nickte. „Du wist das Richtige tun, folge deinem Herzen."

Draußen war es ruhig geworden. Kaum Wind, kein Regen. Die Stille hatte etwas Bedrohliches, als würde das Wetter kurz den Atem anhalten.

Auf dem Rückweg durchs Dorf nahm Mariella vieles anders wahr. Sie fragte sich immer wieder, wer etwas wusste, wer es absichtlich verschwieg, wie es nur dazu hatte kommen können, dass Gavin seine Heimat verlassen musste, dass Patricia verstoßen wurde und sich selbst von den Klippen warf. Warum musste man William die Außenseiterrolle aufzwingen, einem so sensiblen und im Herzen liebevollen Menschen?

Sie kam am Pub vorbei.

Patrick O'Leary stand dort am Fenster, sah hinaus und wartete auf Gäste. Es erkannte sie, nickte beiläufig. Aber Mariella war, als würde er sie nicht sehen.

Früher wäre ihr so etwas völlig egal gewesen, damals in Berlin war Gleichgültigkeit das Grundrauschen der Stadt. Aber hier war Gleichgültigkeit eine Botschaft. Oder bildete sie sich das ein? Was war los mit ihren Gefühlen? Machte sie sich wegen dieser Briefe zu verrückt? Was trieb sie überhaupt an, diese Geschichte auszugraben?

„Das ist doch alles Blödsinn!", sagte sie zu sich selbst und ging rasch weiter.

Als sie nachmittags am Fenster ihres Zimmers saß, sah sie hinaus aufs Meer. Die Wellen waren ruhig geworden, viel ruhiger als Mariellas Innenleben. Sie zog die Schatulle auf den Schoß, strich über den letzten Brief. Der Umschlag war weich vom Alter, abgewetzt an den Kanten.

Sie wagte nicht, ihn zu öffnen. Noch nicht. Nicht, ohne William und nicht, solange ihre eigenen Gedanken wie lose Blätter durch den Kopf wehten.

***

In Williams Zimmer herrschte ein kreatives Chaos: offene Bücher auf dem Boden, zerknüllte Blätter um den Papierkorb herum, Tintenflecken auf dem Schreibtisch wie winzige, schwarze Krater im alten Holz.

William saß auf dem Stuhl, die Schultern nach vorne gebeugt, das Kinn auf die Faust gestützt. Vor ihm lag ein halb beschriebener Bogen Papier. Das Licht der tiefstehenden Sonne traf in einem flachen Winkel auf das Papier, ließ jede Unebenheit hervortreten und zeichnete harte Konturen an die Buchstaben, die der Füller mit zu viel Druck auf das Blatt gebracht hatte.

Die ersten Zeilen waren geschrieben. Und William hasste sie bereits.

Heimatlos

Ich trage keinen Namen,
der mir gehört.
Nicht den des Vaters,
nicht den der Schuld.

Ich bin kein Sohn,
kein Bruder,
kein Erbe.
Nur ein Schatten,
der nicht weiß,
worauf er fällt.

Er legte den Füller ab. Seine Hand zitterte leicht. Obwohl er spürte, wie das Gedicht sich aus ihm löste – wie ein Geheimnis, das zu lange im Dunkeln gelegen hatte – so war ihm dennoch, als würden diese Zeilen das Licht scheuen.

„Was bin ich noch, wenn ich zu niemandem gehöre?", murmelte er.

Wenn er die Zeichen im letzten Brief, den er heimlich ohne Mariella gelesen hatte, richtig deutete, war er nicht Gavins Sohn, nicht Eleanors Enkel, nicht Mariellas Bruder. Das sollte ihn befreien! Doch das tat es nicht.

Er sah zum Fenster. Die Felder draußen lagen in einem satten Grünton. Es könnte ein schöner Tag sein, wenn man nicht nach innen sah.

Er griff wieder nach dem Blatt, betrachtete die Worte, versuchte zu prüfen, wie viel Wahrheit darin steckte. War Glück eine Illusion?

Dann hörte er das Klopfen und zuckte zusammen, als hätte man ihn ertappt.

Schnell zerknüllte er das Papier, warf es mit einer fast verzweifelten Bewegung in den Papierkorb.

„Unsinn", murmelte er. „Lass die alten Schatten sein."

Er stand auf, fuhr sich durch die Haare. Atmete tief durch. Als er die Tür öffnete, stand Mariella da – das Haar zum Pferdeschwanz gebunden, ein unsicheres Lächeln auf den Lippen.

William lächelte zurück. Nicht aus Höflichkeit, sondern aufrichtig. Mariella brachte Licht in sein Leben.

„Alles okay bei dir?", wollte sie wissen. „Du verkriechst dich wieder mal. Ich hoffe, das liegt nicht an mir."

Er schüttelte den Kopf. „Wollen wir spazieren gehen? Es regnet nicht mehr."

Sie sah ihn freudig an. Dann nickte sie. „Sehr gern. Zum Strand? Komm, lassen wir uns den Kopf freipusten."

29

Als Mariella und Linda das Balfour Hospital an diesem Morgen betraten, wirkte es fast friedlich. Die Sonne warf helle Quadrate auf den Boden des Flurs, und irgendwo summte eine Schwester ein Lied, das Mariella nicht kannte, das aber seltsam tröstlich wirkte. Offenbar gab es aktuell nur wenige Patienten, zu behandeln.

Sie gingen schweigend den Gang entlang. Linda hatte einen Korb dabei, gefüllt mit Shortbread und Orangenmarmelade, die sie noch schnell am Morgen besorgt hatte.

Mariella lächelte leise. Linda war offensichtlich eine Frau, die Verletzungen gerne mit Butter und Zucker heilte.

Als sie Andrews Zimmer erreichten, stand die Tür einen Spalt offen. Linda klopfte vorsichtig an.

„Rein mit euch", rief Andrews Stimme.

Er sah erstaunlich gut aus. Die Kopfverletzung war notdürftig getackert worden, ein Pflaster zog sich quer über seine Schläfe, aber seine Augen funkelten, als wäre er ein Junge, der gerade aus einem besonders wilden Abenteuer zurückgekehrt war.

„Da sind ja meine Retterinnen!", grinste er und breitete die Arme aus. „Ich schulde euch mein Leben."

Linda trat zu ihm ans Bett und gab ihm einen Kuss. „Uns schuldest du nichts", sagte sie, „sondern William."

Andrew wurde schlagartig ernst. Ein Schatten huschte über sein Gesicht, als habe jemand für einen Moment die Sonne aus dem Raum genommen. „Ja… William." Er senkte den Blick, nestelte an der Bettdecke. „War verdammt leichtsinnig von mir. Ich dachte, ich wäre noch der unbesiegbare Junge von früher. War ich nicht."

„Du willst dich auch bei ihm bedanken, oder?", fragte Mariella sanft.

Andrew nickte. „Wo steckt er überhaupt?"

„Er … ist unterwegs", sagte Mariella langsam. „Er wollte ein bisschen raus. Gedichte schreiben, hat er gesagt. Über die Vergangenheit."

Andrew sah sie an, und in seinen Augen lag eine Mischung aus Bedauern und etwas, das sie nicht ganz deuten konnte. „Die Vergangenheit, hm? Die kann einen entweder zermalmen … oder befreien."

Mariella spürte, wie sich die Worte auf ihr Gemüt zu legen drohten.

Linda holte dem Korb hervor und nahm Shortbread und Marmelade heraus. „Hier! Hab ich mitgebracht. Ich weiß ja, dass das Essen hier unter aller Würde ist." Sie lächelte und auch Andrews Stimmung hellte sich sichtlich auf.

Auch Mariella griff zu und vergaß für eine Weile die schwermütigen Gedanken.

Als sie später allein durch den Krankenhausgarten schlenderte, ließ sie den Kopf in den Nacken fallen, sah in den blassen Morgenhimmel.

Der letzte Brief, die Andeutungen, die immer klarer werdende Gewissheit, dass Gavin nicht für das verantwortlich war, was in der Nacht geschah, als William gezeugt wurde; dass er zu Unrecht von der Insel floh – das alles war eine Erkenntnis, mit der sie umgehen musste. Was bedeutete das? Kannte Gavin die Wahrheit? Ging er aus Feigheit? War er unfähig, sich gegen die anderen aufzulehnen?

Das alles war schlimm, aber es bedeutete auch etwas Gutes, das sie von einer Last befreien konnte. Wenn William tatsächlich nicht ihr Bruder war, sie nicht den gleichen Vater hatten. Dann war das Blut, das sie vermeintlich so lange gebunden hatte, nicht dasselbe. Und dann …

Mariella schloss die Augen, legte eine Hand auf die Brust, spürte den Herzschlag unter den Fingern.

Dann bedeuteten ihre Gefühle nichts Verbotenes.

Das, was sie nachts wachhielt, was sie in seinen Blicken suchte, was sie in seinen Gedichten hörte – war nicht falsch gewesen.

Vielleicht war es sogar richtiger denn je.

Ihr Instinkt sagte ihr, dass es so sein musste. Sie spürte, dass manche Verbindungen tiefer gingen als Nachnamen, als Blutsverwandtschaft oder das, was man gemeinhin Familie nannte. Verwandtschaft der Seelen, das hatte sie gespürt.

Sie hoffte, dass es so war. Nein – sie glaubte fester daran als je zuvor.

Und während sie um sich die Vögel zwitschern hörte, wurde ihr klar, dass sie William gegenüber irgendwann aussprechen musste, was ihrer beiden Herzen längst wussten.

***

Die Nacht war erfüllt von ohrenbetäubendem Rauschen, das durch ihre Gehörgänge schwappte wie tobende Wellen im Meer. Oder war das der Wind, der um ihren Kopf brauste? Aus dem nebligen Zwielicht erhoben sich Konturen. Und dann war da Gelächter, Geklapper. Schweiß, Bier, Gebratenes, ein Strudel aus Bildern fegte um sie herum. Goldenes Licht hüllte sie ein, glänzend und doch schummrig. Es machte es unmöglich, etwas genau zu erkennen.

Sie fühlte mehr, als dass sie etwas sah. Dann wehten Vorhänge vom Fenster heran. Ein kariertes Muster, gelb, grün, schwarz – oder war doch alles braun? Starr vom Rauch der Zigaretten, klebrig vom Dunst vergangener Feste.

Ein Splittern, Glas zerbrach, ein Schrei, Gepolter und Tumult, dann ein kühler Wind. Alles drehte sich, die Welt in einem Mahlstrom aus salziger Luft. Immer weiter eingesaugt und doch beschwingt von einem Gefühl der Freiheit, der Glückseligkeit, der unbeschwerten Zügellosigkeit.

Ein Rausch.

Doch dort draußen lauerte die Finsternis. Gänsehaut. Angst. Unwohlsein.

Weiter im Laufschritt, der Kopf pochte.

„Was will der Kerl?"

Ein Moment der Klarheit …

„Sie sind hinter mir her … dürfen mich nicht kriegen!"

Stolpern und Fallen. Ein Bett aus Moos.

„Wo bin ich?"

Ein Gesicht im blassen Mondlicht, irrsinnig verzerrt, eine Grimasse!

„Er hat mich!"

Dann der Schmerz! Und nur noch Hilflosigkeit.

Was blieb, war eine zerfetzte Erinnerung. Zerschlagen am Ufer. Wie kaputte Muscheln, nur noch Splitter im Sand.

Scham.

Der heisere Schrei der Möwe am Nachthimmel wies den Weg in die Dunkelheit.

***

Mariella schreckte in ihrem Bett hoch und war im ersten Moment wie blind. So grell schien ihr das Licht ins Gesicht. Zunächst konnte sie sich kaum orientieren, nicht nur wegen der plötzlichen Helligkeit, sondern auch, weil sie der düstere, wirre Albtraum noch so fest umklammert hielt wie eine eiserne Kralle.

Allmählich gelang es ihr, das Unbehagen abzuschütteln und einen klaren Kopf zu bekommen. Sie erkannte, dass es Sonnenlicht war, welches ihr mitten ins Gesicht schien – goldene, warme Strahlen.

Blinzelnd sah sie aus dem Fenster. War es etwa

schon morgen? Sie hatte ich doch nur kurz hingelegt.

Nein, die Richtung stimmte nicht! Das Licht kam aus Westen. Es musste demnach später Abend sein.

Wieder einmal dürfte das wechselhafte Wetter zugeschlagen haben. Der Wind hatte die düsteren Wolken aufgerissen und den Weg frei gemacht für einen letzten gleißenden Sonnenstrahl, der sich flach über das Land warf und genau in ihr Fenster fiel.

Mariella spürte die Wärme auf ihrem Gesicht und war dankbar dafür, denn sie vertrieb die unheilvolle Stimmung, die sich ihrer während des Traums bemächtigt hatte. Diese Vision war aus einer fremden Welt zu ihr gekommen, aus einer düsteren Vergangenheit.

War das Eleanors Werk gewesen? Sie dachte an das letzte Mal zurück, als sie ein ähnlich entrückendes, wenn auch ungleich positiveres Gefühl hatte – als die Sonne sie nach ihrem Besuch bei Heather unverhofft mit Wärme bedacht hatte wie ein zärtlicher Kuss. Könnte ihre verstorbene Großmutter tatsächlich Einfluss auf diese Welt nehmen?

Mariella schüttelte ungläubig den Kopf und warf einen Blick auf den Wecker neben dem Bett. Es war 17:05 Uhr. Das hieß, sie musste wohl zwei Stunden geschlafen haben. Sie fühlte sich nach diesem Traum ganz und gar nicht erholt, eher aufgewühlt und verwirrt. Weiterschlafen konnte sie so auf keinen Fall.

Nur langsam kam etwas Struktur in das wirre Traumgeschehen. Konnte sie dem trauen, was sie da erlebt hatte? Oder hatten sich die Andeutungen in den Briefen und ihre eigenen Eindrücke in ihrem

Unterbewusstsein zu einer kruden Mischung zusammengefügt?

Irgendetwas tief in ihr drin sagte ihr, dass es nicht so war, dass dies kein Produkt ihrer eigenen Fantasie gewesen war, sondern eher eine schemenhafte Erinnerung. Ein halb vergessenes und halb in Alkohol ertränktes Erlebnis, das sich wie ein Trauma eingebrannt hatte und nie mehr verschwinden wollte

Ein düsterer Verdacht kam in ihr auf. War das tatsächlich an jenem Abend geschehen, an dem William gezeugt wurde? War sie eben Zeugin einer Vergewaltigung geworden? Sie hatte das Ganze aus Sicht des Opfers erlebt. Aber wer war noch dort gewesen? Wer hatte diese schreckliche Tat begangen? Alles verschwamm in ihrer Erinnerung.

Die Sonne vor dem Fenster verkroch sich hinter einer dunkelgrauen Wolke und prompt fröstelte Mariella. Sie zog die Decke enger um sich.

Immer wieder kamen Fetzen des Traums hoch. Es war alles so verworren und gleichzeitig intensiv gewesen.

Diese Vorhänge, die im Wind flatterten!

Sie hatte sie schon gesehen. Dieses dreckige, ausgebleichte Karomuster, das schon vor 30 Jahren längst out gewesen war. Und nun war ihr klar auch klar, wo sie es gesehen hatte, in O'Learys Pub unten im Dorf.

Mariella warf die Decke beiseite und sprang aus dem Bett. Sie schnappte sich ihre Sweatshirtjacke und stürmte aus dem Zimmer.

Zehn Minuten später stellte sie ihr Fahrrad an

die Hauswand und betrat O'Learys Pub im Ortskern von Dunnwick.

Ihre Entschlossenheit, den Wirt zur Rede zu stellen, war während der kühlen Fahrt auf dem Rad zwar gedämpft worden, aber nicht verpufft. Sie war sich immer noch sicher, dass er etwas wissen musste. Sie hatte nur keine Ahnung, wie sie es anstellen sollte, dass er mit ihr darüber redete.

Der Pub roch nach nassen Mänteln, offenem Feuer und einem Hauch Whisky. O Leary zapfte gerade Bier hinter dem Tresen und nahm von Mariellas Erscheinen keine Notiz. Der Gastraum war schon gut gefüllt, die meisten Tische waren besetzt und die Leute an diesem Freitagabend in Erwartung des Wochenendes offenbar in guter Stimmung. Was hatte sie sich dabei gedacht? Das war wohl kaum der geeignete Zeitpunkt, den Wirt mit einem derart schwierigen Thema zu konfrontieren und auszuquetschen, was er darüber wusste.

Unbewusst war Mariella ungefähr zwei Meter von der Theke entfernt stehen geblieben und zögerte nun, weiter zu gehen. Sie ließ den Blick über die Wände schweifen, um sich abzulenken und neuen Mut zu fassen, da blieb er an etwas hängen. Dort befanden sich unzählige Fotos aus den vergangenen Jahrzehnten, die meisten vergilbt oder in unnatürlich verschobenen Farben. Doch ein Gesicht sprang sie förmlich an. Sie kannte es. Noch vor einer halben Stunde hatte sie dieses Gesicht im Traum verfolgt!

Mariella spürte, wie ihr das Blut in die Beine sackte, als sie erkannte, dass es sich um eine Art

Familienfoto der O'Learys handelte. Da war Patrick, der Wirt, links Andrew als Kind, daneben ein weiterer Mann in Patricks Alter, der dem Gesicht nach sehr gut mit ihnen verwandt sein konnte. Und dort am rechten Rand stand er. Dem Alter nach womöglich der Vater von Patrick, ergo Andrews Großvater. Sie konnte zwar nicht genau sagen, ob das zutraf oder ob der Mann auf andere Weise mit dem Wirt verwandt war, aber sie war sich hundertprozentig sicher, dass dies das gleiche Gesicht war wie in ihrem abscheulichen Traum.

„Hey, was stehst du denn hier so festgewachsen herum und schaust dir diese alten hässlichen Männer an?", fragte eine Stimme von hinten.

Mariella brauchte noch eine Sekunde, um sich von dem Bild loszureißen, und drehte sich dann um. Es war Andrew, der die Frage gestellt hatte.

Sie schüttelte den Kopf und sah Andrew traurig an. „Schweine!", sagte sie leise, aber eiskalt. Sie deutete zur Theke, an der Patrick O'Leary nun vom Bierglas aufgesehen hatte und zu ihr hinüberblickte.

„Ihr seid Schweine!", wiederholte Mariella. Dann machte sie kehrt und wollte durch die Tür aus dem Pub eilen. Sie prallte frontal gegen einen Mann und stutzte.

30

Es dauerte einen Moment, bis ihr Gehirn sich sortiert hatte. Hinter ihr erklangen immer noch die Stimmen, das Klirren der Gläser – vor ihr stand ein bekanntes Gesicht. Es passte nur so gar nicht hierher. Mariella stockte der Atem.

Nach einer unnatürlich langen, peinlichen Pause hauchte sie „Jerome" und schüttelte den Kopf.

Er stand da, als sei es das Normalste auf der Welt. Einen schwarzen Rollkoffer in der Hand, das dunkelbraune Haar ein wenig länger als in Berlin, die Wangen leicht vom Wind gerötet. Er wirkte fehl am Platz in diesem Pub voller Fischer und Inselbewohner, und doch hatte er sich schon wie selbstverständlich hineingeschoben – der elegante Städter zwischen den wettergegerbten Gesichtern.

„Jerome, du ...", wiederholte Mariella und hörte ihre eigene Stimme wie durch Watte. „Wie ... was zur Hölle willst du denn hier?!"

Er lächelte. Dieses leicht spöttische Lächeln, das sie früher wahlweise um den Verstand gebracht oder zur Weißglut getrieben hatte. „Hallo, Ella." Er trat einen Schritt näher. „Schön, dich zu sehen."

Ihr Verstand überschlug sich. Warum jetzt? Warum hier, in diesem Moment, in diesem heillosen Durcheinander, in dem sich ihre Gefühle ohnehin schon zu überschlagen drohten?

Sie sah sich hilfesuchend im Pub um. Linda war unauffällig aufgestanden, hatte ihr Bier mitgenommen und war in eine Ecke des Pubs verschwunden, wo Andrew O'Leary sie sofort in ein Gespräch verwickelte.

Mariella stand da, hilflos. Sie hatte den Drang, sich irgendwo festzuhalten, um nicht den Halt zu verlieren.

„Du ..." Sie holte tief Luft, spürte, wie ihr Herz raste. „Ich kann jetzt unmöglich ..."

Jerome zog die Brauen hoch, schob die Hände in die Taschen. „Ganz ruhig, Ella. Ich bin hier, weil ich gemerkt habe, dass ich dich nicht einfach gehen lassen kann."

Mariella stieß ein kurzes spöttisches Lachen aus. „Du hast mich schon längst gehen lassen. Als du ..." Sie vollendete den Satz nicht.

„Ich hab's mir anders überlegt." Er trat noch näher, senkte die Stimme. „Komm mit mir zurück. Wir können wieder das haben, was wir hatten."

Mariella spürte, wie sich etwas in ihr zusammenzog. Berlin blitzte in ihrem Kopf auf – die Cafés, die Meetings, die Nächte mit Jerome, die Küsse, das Chaos, das Lachen. Aber es war, als würde sie es durch Milchglas sehen. Blass, weit weg.

Und plötzlich war da William in ihren Gedanken. Seine Stimme, seine Gedichte, seine unbequeme und doch so sensible Art.

Die Worte aus einer von Eleanors Visionen hallten in ihr nach, wie ein Wispern aus einer anderen Welt. „Liebe ist das, was bleibt."

„Jerome", sagte sie leise, „du hast keine Ahnung, welche Wunden du hier aufreißt."

Er lächelte wieder. „Ich reiße dich auf. Damit du wieder zu dir kommst."

Sie schwieg, spürte, wie die Welt um sie herum rauschte, Stimmen, Gläserklirren, das Knarren der Bodendielen. Alles wirbelte zusammen, wie zwei Strömungen, die in ihr aufeinanderprallten.

„Ich ..." Sie straffte sich. „Ich brauche frische Luft."

„Ich komme mit."

„Nein", sagte sie, diesmal fester. „Nein, Jerome. Auf gar keinen Fall!" Sie ließ ihn stehen, trat hinaus in die kalte Nachtluft, sog sie gierig in die Lungen.

Oben am Himmel funkelte ein Netz aus Sternen.

Ihr Herz pochte, wild, unberechenbar. Sie stieg aufs Rad und fuhr los. Und tief in ihr wusste sie: Ihr altes Leben hatte sie gerade eingeholt – wo sie doch noch nicht einmal im Neuen so richtig angekommen war.

Jeromes Auftauchen war ein Schlag. Aber vielleicht auch ein Anstoß. Jedenfalls war nun klar, sie musste sich schon bald entscheiden, wem ihr Herz gehörte. Und diesmal durfte sie es nicht an jemand verlieren, der nur an ihr Interesse hatte, weil er nicht allein sein wollte.

***

Am nächsten Morgen war Mariellas emotionaler Aufruhr etwas abgeklungen, aber sicher nicht verschwunden. Manchmal redete sie sich sogar ein, dass sie das alles wieder einmal geträumt hatte. Doch sie wusste, es war real gewesen. Ihre Erkenntnis im Pub, ihr Ausbruch, Jerome! Ausgerechnet er, ausgerechnet jetzt!

Nie hatte sie Abwechslung nötiger gehabt als heute. Und so war sie dankbar, dass sie mit Linda zusammen in aller Frühe zu einer Arbeitsschicht an der Küste aufgebrochen war.

Hier oben auf der Insel Rousay roch der Wind nach Salz und Tang, trieb Gischt in feinen Schleiern über die Klippen.

Mariella kniete neben Linda an der alten Trockensteinmauer, die sich wie eine graue Narbe entlang der Küste zog. Stein für Stein setzten sie instand, was der Sturm vor Kurzem erst zerstört hatte. Ihre Finger waren schmutzig, die Knie feucht. Die Arbeit war monoton – gerade deshalb so willkommen.

„Sag mal ...“, begann Linda, ohne aufzusehen, „... dieser Mann. Der gestern im Pub auftauchte. Wer war das?“

Mariella zögerte, griff mechanisch nach einem flachen Stein. „Ein Bekannter.“

„Ein Bekannter?“ Lindas Tonfall war nicht unfreundlich, aber zweifelnd. „So hat es nicht ausgesehen.“

Mariella schnaubte leise. „Weißt du, eigentlich will ich gar nicht darüber reden.“

Linda sagte nichts. Sie setzte einen Stein auf den anderen, rückte ihn zurecht. Wartete.

„Sein Name ist Jerome“, platzte es schließlich aus

Mariella heraus. „Wir ... kennen uns aus Berlin. Er war mein Chef. Und ja, wir waren zusammen."

Linda warf ihr einen Seitenblick zu. „Chef und Geliebter. Klingt ... kompliziert."

„War's auch. Mehr als mir bewusst war." Mariella setzte sich auf einen großen Stein, rieb sich die Hände an der Hose sauber. „Es war eine dumme Idee. Er war charmant, brillant – und am Ende ein egozentrischer Idiot. Hat mich betrogen. Mit einer, die er kaum kannte. Ich hab's viel zu spät gemerkt. Und als ich's wusste ... kam es mir vor, als wäre mein ganzes Leben aus Glas und plötzlich zersplittert. Erbärmlich!"

Linda schwieg einen Moment. Dann sagte sie ruhig: „Er ist noch hier."

Mariella blinzelte. „Tatsächlich? So viel Ausdauer hat er für gewöhnlich nicht."

„Er hat sich ein Zimmer im Pub genommen. Fragt nach dir. Sagt, er will reden."

Ein kalter Hauch ließ Mariella frösteln. Sie blickte aufs Meer hinaus, das grau und behäbig unter dem wolkenverhangenen Himmel wogte. „Vielleicht meint er es ernst", sagte sie tonlos. „Aber ... er kann mich nicht glücklich machen. Er konnte es nie."

Linda legte einen weiteren Stein auf die Mauer. „Aber du fühlst noch etwas für ihn?"

Mariella seufzte. „Ein kleiner Rest ist vielleicht noch da – irgendwo. Aber mein Herz gehört jemand anderem."

Linda sah sie an, der Wind zerrte an ihren Haaren. „William?"

Mariella sagte nichts. Ein Moment verging. Möwen kreischten über den Wellen.

Dann lächelte Linda schief. „Weißt du, das alles sorgt für reichlich Unruhe hier. Die Leute reden. Auch wegen deines kleinen Ausbruchs im Pub. Und O'Leary wirkt so nervös. Das ist nie ein gutes Zeichen."

Mariella hob eine Braue. „Nervös, nun ich schätze ... er hat Grund dazu", erwiderte sie.

Linda zuckte mit den Schultern. „Du hast ihn mehr oder weniger öffentlich ein Schwein genannt. Ich meine, nicht, dass das etwas so Besonderes wäre, aber trotzdem. Aus deinem Mund ..." Sie machte eine Pause. „Und du stellst Fragen, die man hier bisher nicht stellte."

Mariella nickte langsam. Sie verstand. Aber sie spürte, dass sie das Thema gerade jetzt nicht vertiefen sollte. Außerdem war Lindas Verlobter Andrew immerhin der Sohn von Patrick O'Leary.

Linda wartete, dann lehnte sie sich zurück, legte die Hände in den Schoß. „Was ist, Mariella? Du weißt etwas, stimmt's?"

Ein Windstoß fuhr durch das borstige Gras der Schafweide jenseits der Mauer. Mariella sah zu, wie sich die Halme bogen. „Ich werde dir alles sagen, Linda. Aber noch nicht jetzt."

Linda nickte zaghaft und Mariella spürte, dass sie verstand. Manche Wahrheiten wogen zu schwer, um sie ohne Folgen auszusprechen.

„Komm, las uns die Mauer fertig machen, das Wetter wird nicht mehr lange halten", schlug Linda vor. „Außerdem kriege ich Hunger! Andrew kommt später aus dem Krankenhaus heim und ich will ihm sein Lieblingsessen kochen."

Mariella setzte ein Lächeln auf. „Klingt wunderbar, ich freue mich wirklich für euch. Und dass Andrew wieder wohlauf ist."

„Ich würde dich ja auch zum Essen einladen, aber ... na ja, es soll eher ein romantisches Dinner werden."

„Nein, schon gut. Da will ich auf keinen Fall stören. Ich und Romantik ... das ist ein zweischneidiges Schwert, wie du weißt." Mariella schnappte sich einen großen Stein und wuchtete ihn auf die Mauer. „Los, packen wir's an, damit du zu deinem Geliebten kommst."

***

Als Mariella am Nachmittag nach Hause kam, fand sie das Cottage verlassen vor. Der Wind hatte nachgelassen und der Lauf der Welt schien ungewohnt langsam. Und hier drinnen war es viel zu still. Ein trüber Lichtschein fiel durch die Fenster des Wohnzimmers, kein Feuer brannte.

Mariella lauschte, ob sie von oben knarrenden Dielen hören würde, doch da war nichts. William war nicht hier, sie spürte es.

Mariella setzte Kaffee auf und holte Kekse aus dem Schrank. Vielleicht war heute der Zeitpunkt, noch einmal die Briefe durchzugehen, ihre Gedanken zu ordnen und dann mit William Tacheles zu reden –

darüber, wer wirklich Schuld hatte und warum er am allerwenigsten dafür konnte.

Die Tasse in der Hand ging sie zum alten Sekretär, in dem sie die Schatulle mit Eleanors Briefen verstaut hatte. Ihr Blick suchte automatisch den gewohnten Platz. Doch da war – nichts.

Die Schatulle war verschwunden.

Mariella stellte die Tasse ab, öffnete Fächer und Schubladen, suchte auch in den anderen Schränken. Vielleicht hatte sie sich geirrt und das Kästchen woanders hingestellt?

Nein, sie hatte es in den letzten beiden Wochen immer hier abgestellt. Es fand sich sogar ein sichtbarer Staubrand um die Stelle, wo es die ganze Zeit gestanden hatte. Jemand hatte es weggenommen – vor Kurzem erst.

Ein irrwitziger Gedanke schoss ihr in den Sinn. War etwa Patrick O'Leary hier eingebrochen und hatte die Briefe gestohlen, um Beweise verschwinden zu lassen? Doch sie verwarf die These fast augenblicklich. Das war absurd, er wusste nichts von den Briefen, nichts von ihrem Inhalt. Hoffe sie zumindest.

Und selbst wenn, sein Name stand nicht explizit darin, sondern nur Andeutungen und Mutmaßungen, die sich Mariella nur dank der Visionen erschlossen hatten.

„William ...", flüsterte sie. Er musste die Schatulle genommen haben. Etwa, weil sie neulich allein in den Briefen gelesen hatte? Fühlte er sich betrogen? Doch auch das konnte er eigentlich nicht wissen. Und es war nicht ihre Absicht gewesen, ihn zu hintergehen.

Das war das Letzte, was sie wollte. Sie wollte ihm doch helfen!

Mariella fröstelte und wandte sich zur Treppe um. „William!", rief sie hinauf.

Keine Antwort.

Sie stieg die Treppe hoch, suchte das ganze Haus ab – sogar den staubigen Dachboden, spähte vorsichtig in sein Zimmer, in dem er immer schrieb, dann lief sie wieder hinunter.

Williams Schuhe fehlten, auch sein Mantel. Er war fort.

Ihr Herz begann schneller zu schlagen. Sie erinnerte sich, wie seltsam distanziert er in den letzten Tagen gewesen war. Nicht abweisend – aber wie ein Mann, der sich zurückzog in eine innere Kammer, die kein anderer betreten durfte. Er hatte ihre Berührungen kaum erwidert, ihre Gespräche vermieden, war am Tisch still geblieben.

War das Angst gewesen? Oder Wut? Oder hatte seine alte Introvertiertheit ihn wieder eingeholt, jene Schutzmauer, die er um sich zog, wenn etwas ihn zu überfordern drohte?

Sie fuhr sich durchs Haar, sah aus dem Fenster, wo sich die Schatten der Dämmerung zwischen den Bäumen sammelten.

Würde er eine Dummheit begehen? Der Gedanke schnitt wie ein Messer.

Sie setzte sich auf den alten Sessel unter dem Fenster, atmete flach. Ihr Blick fiel auf den leeren Platz, an dem die Schatulle gestanden hatte. War das alles zu viel für den sensiblen Dichter?

Sie sehnte sich nach ihm. Das konnte sie nicht mehr leugnen. Nicht nach Jerome, nicht nach Berlin, nicht nach irgendeinem Leben, das sie irgendwann verlassen hatte.

Es war William, den sie wollte. Mit seinen stillen Blicken. Seinen melancholischen Worten. Seinem verletzlichen Schweigen. Und jetzt war er fort.

„Mach dich bitte nicht verrückt, Mariella", sagte sie zu sich selbst. „Du fängst an zu spinnen!" Dennoch konnte sie nicht anders, als sich ihre Jacke anzuziehen und draußen weiterzusuchen.

Mariellas Schritte wurden langsamer, als sie die rote Bank im Garten erblickte. Da saß er, mit Blick auf das aufgewühlte Meer. Die Wolken am Horizont färbten sich kupfern, schwer vor Regen.

William – in seinem alten Wollmantel, den Blick starr auf das Wasser gerichtet. Daneben: Andrew O'Leary, die Ellbogen auf die Knie gestützt, den Kopf gesenkt. Es war ein seltener Anblick, diese beiden Männer nebeneinander – die als Kinder einst Freunde waren und nun ...

Mariella blieb ein paar Schritte entfernt stehen. William bemerkte sie zuerst und drehte sich um. Ihre Blicke trafen sich, und in seinem lag etwas, das sie nicht recht deuten konnte: Erleichterung? Reue?

„Ach, du hast sie", sagte sie leise und deutete auf die Schatulle. „Ich hab sie schon gesucht."

William nickte kaum merklich. „Ich ... musste etwas Klarheit bekommen."

Andrew richtete sich langsam auf. „Ich bin nur

zufällig dazugestoßen", sagte er, fast entschuldigend. „Ich wusste nicht, dass ..."

„Dass deine Familie in dieser Geschichte vorkommt?" Mariellas Stimme war ruhiger, als sie sich fühlte.

Andrew sah sie eine Weile an, blickte dann wieder zu William. „Was ... was soll das alles?"

William zögerte und reichte ihm schließlich einen der Briefe. „Lies selbst. Aber wenn du ehrlich bist, dann weißt du es längst."

Andrew nahm das Papier, doch seine Finger zitterten, während er las. Nach einer ganzen Weile sprach er wieder. „Ich wusste, dass mein Großvater kein Engel war. Dass mein Vater vieles beschönigt hat. Aber ... das ..."

„Es war Gewalt, Andrew", sagte Mariella hart. „Keine Affäre. Kein tragisches Versehen. Es war ein Verbrechen."

„Und euer Schweigen hat alles konserviert", fügte William leise hinzu. „Bis heute." Er brach ab.

Andrew stand abrupt auf. Ging ein paar Schritte. Kam zurück. „Und ich? Bin ich jetzt der nächste O'Leary, den ihr anklagt? Soll ich mich stellvertretend schuldig fühlen für das, was mein Großvater vielleicht getan hat?"

„Nein", sagte Mariella ruhig. „Aber du musst entscheiden, ob du auf der Seite derer stehst, die die Wahrheit begraben – oder derer, die sie ans Licht holen."

„Du weißt nicht, wie das hier ist!", fuhr Andrew sie an. „Was es heißt, einer von den O'Learys zu sein.

Was mein Name bedeutet in diesem Dorf. Du hast die Freiheit, einfach zu gehen. Ich nicht."

„Weggehen hat das Problem nicht gelöst, Andrew", meinte Mariella. „Gavin hat die Schuld auf sich geladen und ist abgehauen. Was hat es gebracht? Heute stehen wir hier und kämpfen mit den Folgen."

„Du musst entscheiden, was tu tun willst, wer du sein willst", sagte William ruhig.

Stille.

Andrews Gesicht war rot vor Wut – oder war es Scham?

„Ihr glaubt, das ist alles so einfach." Er presste die Lippen zusammen. Dann warf er den Brief von sich, als würde er brennen. „Ich ..." Er drehte sich um und ging. Erst langsam, dann schneller. Schließlich bestieg er sein Auto und gab Gas. Er wollte wohl so schnell wie möglich fort von der Bank, fort von dem, was zwischen ihm und William lag.

Mariella setzte sich neben William. Keiner sagte etwas.

Der Wind frischte auf und erste Tropfen fielen herab. Doch sie saßen still, Schulter an Schulter und fühlten die Wärme zwischen ihnen, während sich über dem Meer die Nacht senkte.

31

Die Glocke über der Tür bimmelte, als Mariella eintrat. Sie spürte es sofort – diese seltsame Stille, die nicht von der frühen Uhrzeit herrührte. Kein freundliches Lächeln des Ladenbesitzers, kein fröhliches Klappern von Dosen oder Gläsern.

Stattdessen stand Mr. Kavanagh steif hinter der Theke, die Hände fest auf das Holz gestützt, der Blick auf einen Punkt gerichtet, der ein paar Zentimeter an ihr vorbeiging.

„Guten Morgen, Harry." Ihre Stimme klang heller, als sie sich fühlte. „Soll ich im Lager anfangen?"

Er blinzelte, schluckte. Dann räusperte er sich. „Mariella ... ich muss mit dir reden."

Sie blieb stehen, ihr Herz schlug etwas schneller. „Ist etwas passiert?"

Er sah sie jetzt direkt an. Bedauern lag in seinem Blick, aber auch Unsicherheit – und Angst. „Du solltest hier nicht mehr arbeiten."

Ein paar Sekunden vergingen, ehe sie seine Worte ganz verinnerlicht hatte. „Was ... wieso?"

„Es geht so nicht, die Leute reden. Es gab Beschwerden. Manche Kunden wollen nicht mehr hier einkaufen, seit du im Laden arbeitest." Seine Stimme war leise, fast entschuldigend.

Mariella spürte, wie sich ihr Magen zusammenzog. „Wegen mir? Das ist doch Blödsinn! Ich war immer freundlich und die waren nett zu mir. Niemand hat sich beschwert."

Er wich ihrem Blick aus. „Es geht ja nicht gegen dich, aber sowas ist schlecht fürs Geschäft. Es tut mir leid."

Mariella schüttelt stumm den Kopf, dann trat sie einen Schritt vor, die Stimme ruhig, aber eindringlich. „Sie haben Druck gemacht, nicht wahr? Die O'Learys. Weil ich Fragen stelle. Weil ich nicht so tue, als wäre alles in Ordnung."

Harry Kavanagh hob hilflos die Hände. „Ich ... ich bin nur ein Ladenbesitzer, Mariella. Ich will keinen Ärger. Ich will nur meine Ruhe."

„Ja", sagte sie tonlos. „Das wollen sie alle."

Er öffnete den Mund, als wollte er etwas sagen, aber es kam kein Wort mehr. Feigheit und Reue lag in seinem Blick.

Sie drehte sich um, die Schultern aufrecht, das Kinn erhoben. Als sie die Tür aufstieß und das kleine Glöckchen über ihr ein letztes Mal anschlug, war es wie ein Gongschlag, der einen Abschied einläutete.

Draußen blies der Wind vom Meer her, trug den Geruch von Salz und Tang mit sich. Sie ging langsam die Straße hinunter, ihre Gedanken schwer wie Steine.

Die heile Welt, die sie in diesem Dorf einst gesehen hatte, bekam Risse. Mit jedem Schritt, den sie tat, öffnete sich ein Spalt mehr.

Das hier war eine mühsam in Stand gehaltene Fassade aus Schweigen und Angst. Dahinter verbargen sich die Geschichten, die nie erzählt werden durften.

***

Die Kaffeetasse dampfte still vor sich hin, der Dunst strömte in feinen Wirbeln empor und zerstob in der Luft über Doc Howls Schreibtisch. Der alte Dorfarzt saß in seinem schweren Lederstuhl und musterte Mariella.

Sie saß ihm gegenüber, ebenfalls mit einer Tasse in der Hand. Hinter ihr knisterte das Feuer im Kamin und sorgte für wohlige Wärme.

„Also", sagte Howl, „du glaubst also, du steckst fest. Was genau meinst du damit? Denn, wenn es um romantische Fragen geht, bin ich wohl kaum die richtige Person, um darüber zu reden." Er setzte ein Lächeln auf.

Mariella nickte nur stumm. Die Worte kamen schwer über die Lippen.

„Es hat natürlich mit William zu tun", hakte Howl nach.

Sie hob langsam den Blick. „Ich muss mit jemandem reden, sonst werde ich wahnsinnig. Wissen Sie, Doc, als ..." Sie stockte. „Es ist einfach zu viel. Die Sache mit Patricia, Gavin, William, Jerome – die O'Learys!"

„Eins nach dem anderen", sagte Doc Howl ruhig.

„Okay, sicher. Also, das mit William und mir – keiner von uns hat das geplant. Es fühlte sich so verboten an. Und das war es auch, zumindest dachten wir das. Aber jetzt, da ich weiß, dass wir wohl gar nicht verwandt sind und unseren Gefühlen nichts im Weg stehen sollte, fühlt es sich fast noch schwerer an."

Doc Howl lehnte sich zurück, seine Augen spiegelten die Weisheit und Gelassenheit des Alters. „Es scheint paradox: Die Liebe wird nicht leichter, bloß weil sie erlaubt ist. Aber das ist auch nicht wichtig, entscheidend ist, ob sie wahrhaftig ist."

Mariella senkte den Blick. „Ich weiß nicht, ob ich das kann. Wenn ich ehrlich bin, weiß ich nicht mal mehr, wer ich bin, seit ich hierher gekommen bin."

Howl schmunzelte. „Dann geht's dir wie den meisten Menschen, die ehrlich genug sind, sich selbst zuzuhören."

Er stand auf, ging zum Bücherregal und strich mit dem Finger an den Einbänden entlang, als würde er etwas Bestimmtes suchen. Doch dem war offenbar nicht so. Er wandte sich wieder Mariella zu. „Als dein Vater Gavin damals mit dem Rucksack in Richtung Fähre stapfte, ohne ein einziges Mal zurückzusehen, da dachten natürlich alle, er flieht, er ist schuldig, er muss gehen. Aber ich kannte ihn und war nie dieser Meinung gewesen. Nun ist so viel Zeit vergangen und die alte Geschichte nimmt immer noch kein Ende."

Doc Howls Stimme bekam einen Hauch von Traurigkeit. Er schüttelte den Kopf. „Er hätte da bleiben müssen, sich seiner Verantwortung stellen, wie auch immer das ausgesehen hätte. Zumindest hätte er Patricia und William nicht in dieser Lage hier zurücklassen dürfen."

Sie schwieg und wusste, dass der Arzt recht hatte, aber ihre Gedanken drifteten ab. Sie sah William vor sich, mit den Tintenflecken seines altmodischen Füllers an den Fingern. Seine Stimme, wenn er Gedichte flüsterte, als wären sie ein Geheimnis. Sein Blick, der sie streifte, wenn er glaubte, sie sehe es nicht.

Dann besann sie sich und blickte Howl direkt an. „Doc ... Patrick O'Leary hat mich gestern vor dem Pub nicht mal angesehen. Und einige Leute haben sich in Harrys Laden beschwert, ich solle dort nicht mehr arbeiten. Linda hat mitbekommen, wie die alte Beth gezetert hat, ich solle besser meine Sachen packen und verschwinden, wie mein Vater. Es ist, als ob ich – oder wir – hier etwas ins Wanken bringen, das alle lieber unter dem Teppich gelassen hätten."

Howl atmete tief durch. Er ging zurück zum Sessel, setzte sich, sah sie lange an.

„Patrick O'Leary war schon immer ein Mann, der unbequemen Dingen gerne aus dem Weg geht und sie in Alkohol ertränkt. Er ist stur. Wie viele hier. Aber das darf nicht darüber bestimmen, was Wahrheit ist und was nicht. Und diese ganze Geschichte sollte erst recht nicht darüber bestimmen, wen du liebst."

„Und wenn wir zwei es nicht aushalten, dass alle gegen uns sind?"

Doc Howl stellte seine Teetasse ab, beugte sich vor, seine Stimme wurde weich, fast verschwörerisch.

„Mariella, diese Insel hat schon Sturmfluten überlebt, Hungersnöte, Kriege – sie wird auch eure Liebe aushalten. Wenn sie echt ist. Du und William – ihr müsst nicht alle überzeugen. Nur euch selbst."

„Und die andere Sache?"

„Ich verspreche dir, dass ich ab sofort alles tun werde, um die Wahrheit ans Licht zu bringen."

Mariella sah ihn lange an. Zum ersten Mal spürte sie einen leisen Anflug von Klarheit. Kein endgültiges Wissen, aber ein kleines Licht. „Danke", sagte sie.

Doc Howl setzte ein Lächeln auf. „Dafür bin ich da. Ich rette Leben, stifte wahlweise Unruhe oder Seelenfrieden – und ab und zu sorge ich dafür, dass ein Mensch sich traut, seinem Herzen zu folgen."

Sie standen beide auf. Hinter dem Fenster ging gerade die Sonne unter und ließ das Meer wirken wie flüssiges Gold.

„Du wirst doch bleiben, Mariella?", fragte er.

Sie zögerte. Dann nickte sie langsam. „Ich werde es versuchen."

***

Der alte Uhrzeiger über dem Kamin in O'Learys Pub bewegte sich kaum hörbar. Es war 23:45 Uhr und die letzten Gäste hatten das Lokal längst verlassen. Das Feuer knisterte, warf zuckende Schatten an die Wände. Es roch nach Zigarrenrauch und abgestandenem Bier, das die Gäste in den Gläsern gelassen hatten, als sie gingen.

Patrick O'Leary saß hinter der alten Theke auf einem Hocker, ein Glas Whiskey in der Hand, als Andrew ohne anzuklopfen eintrat.

„Wir müssen reden", sagte Andrew fordernd.

Patrick blickte auf, musterte seinen Sohn mit

prüfendem Blick. „Was gibt es denn so spät noch? Ist etwas passiert?"

Andrew trat näher, warf einen zerknitterten Brief auf den Tisch. „Du weißt genau, was passiert ist."

Patrick sah kurz auf das Papier, dann zurück zu seinem Sohn. „Was ist das?"

„Ein alter Brief – von Eleanor. Sie hat ihn an Gavin geschrieben. Es geht darin um Patricia. Und um das, was Großvater getan hat." Andrew sprach leise, aber jede Silbe war wie ein Hammerschlag.

Ein kurzes Zucken in Patricks Miene. Dann ein Seufzen. „Du solltest diesen alten Geschichten nicht trauen. Eleanor war eine sentimentale Frau. Und Gavin ... nun ja, der war nie besonders stabil."

„Hör auf", sagte Andrew scharf. „Ich hab mit William geredet. Ich weiß, was Mariella in ihren Träumen gesehen hat. Ich hab gelesen, was Patricia durchgemacht hat. Du kannst die Geschichte nicht mehr leugnen."

Patrick erhob sich langsam, stellte das Glas ab. „Träume, Briefe, Gerede!" Patrick wurde laut. „Und selbst wenn es wahr wäre – was willst du tun, Andrew? Das Dorf in Aufruhr versetzen? Unseren Namen durch den Dreck ziehen? Dein ganzes Leben gegen das stellen, was diese Familie mit harter Arbeit aufgebaut hat?"

Andrew trat einen Schritt näher, die Fäuste geballt. „Du hast es also gewusst. Die ganze Zeit."

Patrick sah ihn an, hart. „Sagen wir, ich habe es geahnt. Und ich habe entschieden, es ruhen zu lassen. So, wie es sich gehört."

„Es gehört sich nicht, Verbrechen zu verschweigen!", fuhr Andrew auf. „Ihr habt Patricia zum Schweigen gebracht. Eleanor hat sich nie getraut, alles auszusprechen. Und William – er hat sein ganzes Leben in einem Schatten verbracht, den wir über ihn gelegt haben."

Patrick ging um den Tresen herum, stellte sich vor seinen Sohn. „Du wirst dich nicht gegen deine Familie stellen. Das wird in diesem Haus nicht passieren. Wir regeln diese Dinge unter uns."

Andrew lachte bitter. „Diese Zeiten sind vorbei, Dad. Für mich jedenfalls. Ich werde nicht mehr schweigen. Nicht aus Angst. Nicht aus falscher Loyalität." Er atmete schwer. „Die Freundschaft zwischen William und mir ... sie ist kaputt gemacht worden. Von dir! Und weißt du was? Es musste erst eine Fremde kommen, um die Wahrheit ans Licht zu holen."

Patrick wich einen Schritt zurück. „Mariella ... das Mädchen hat keine Ahnung, worauf sie sich einlässt."

„Vielleicht nicht", sagte Andrew leise. „Aber sie hat mehr Mut als ihr alle zusammen."

Stille senkte sich über das Zimmer. Das Feuer knisterte. Irgendwo schlug draußen ein Fensterladen im Wind.

„Ich werde das nicht länger akzeptieren, Vater", sagte Andrew. „Wenn du versuchst, sie fertigzumachen, wenn du auch nur ein weiteres Mal versuchst, diese Geschichte unter den Teppich zu kehren, dann wirst du mich als Gegner haben."

Patrick starrte ihn an. Kein Wort. Nur das Flackern des Feuers spiegelte sich in seinen Augen.

Dann drehte sich Andrew um, ging zur Tür – und verließ das Haus, ohne sich noch einmal umzusehen.

32

Der Wochenmarkt in Kirkwall war lebendig wie ein Wimmelbuch für Kinder. Jeder Stand hatte seinen ganz eigenen Charakter und bot regionale Spezialitäten oder Handwerkskunst feil. Es gab Honig in bauchigen Gläsern, geräucherten Lachs, Obst, Gemüse, Käse, aber auch selbstgestrickte Schals Handschuhe, Mützen oder geschnitzte Holzkunstwerke.

Für Mariella war dieses lebendige Treiben eine sehr willkommene Abwechslung nach all den düsteren Gedanken der letzten Tage. Sie schlängelte sich durch das Gedränge, eine Einkaufstasche am Arm, und eine dicke Mütze auf dem Kopf, die gegen die Kälte helfen sollte. Gerade hatte sie frisches Gemüse und Obst eingekauft und war auf dem Weg zum Fischstand, da sah sie ihn: Jerome.

Er wartete am Stand mit dem selbstgebrauten Cider, einen Becher in der Hand, die andere lässig in die Jackentasche geschoben.

Hastig suchte sie nach einem Weg, um auf der Stelle unsichtbar zu werden, doch es war zu spät. Er drehte sich um und sein Blick fiel sofort auf sie.

„Ella", sagte er. „Hier versteckst du dich also."

Sie zwang sich zu einem Lächeln, obwohl ein Gespräch gerade das Letzte war, das sie gebrauchen konnte. „Jerome, weißt du ..."

Er kam näher. „Wir müssen reden", sagte er eilig,

bevor Mariella weitersprechen konnte. „Ich bin's leid, dass du mir ausweichst. So zu tun, als wäre ich Luft, macht es nicht besser."

„Aber das tue ich doch gar nicht. Ich war sehr beschäftigt. Und außerdem ... na ja, ich habe nicht damit gerechnet, dich hier zu sehen."

„Mit mir musst du immer rechnen. Ich wusste zum Beispiel, dass du heute herkommen würdest. Du bist berechenbarer, als du denkst." Er lächelte breit, als wäre das ein Kompliment.

Mariella runzelte die Stirn und schwieg. Jerome hatte es noch nie an Selbstvertrauen gemangelt – er war auf beinahe perverse Weise überzeugt von sich. Aber seit sie William kannte, merkte sie erst, wie unausstehlich dieser Charakterzug war.

„Komm zurück mit mir, Ella. Nach Berlin. Dort gehörst du hin. Hier bist du nicht willkommen – das spürt doch jeder. Du musst dich nur mal in diesem Kaff Dunnwick umsehen. Hast du mal gehört, wie die Leute über dich und diesen Sonderling reden?"

Mariella blinzelte. Diese Worte schmerzten unerwartet heftig. Sie besann sich aber. „Du nennst William einen Sonderling?", fragte sie und merkte, wie Ärger in ihr aufstieg.

„Was ist er denn sonst? Er schreibt Gedichte über Steine und redet mit Geistern."

Sie trat einen Schritt näher. Ihre Stimme war plötzlich feindseliger als sie beabsichtigt hatte. „Und was bist du, Jerome? Ein emotionaler Nomade mit Commitmentphobie und Designerneurose? Wer im Glashaus sitzt..."

Er schwieg.

Sie hielt seinem Blick stand und meinte für einen kurzen Moment sogar so etwas wie Ratlosigkeit in seinen Augen zu sehen.

„Ich wollte dir immer nur helfen", sagte er.

„Dann tu das. Indem du gehst. Ohne mich."

Jerome sah sie noch eine Weile an. Dann nickte er langsam, als ob er einverstanden wäre – aber seine Augen sagten, dass er längst nicht aufgegeben hatte. Er wandte sich ab und verschwand im Getümmel.

Mariella blieb zurück.

Sie griff fester um die Henkel der Einkaufstasche, ging weiter, zum Stand mit den Wachteleiern, dann zum Brotstand, schließlich weiter zum Käse. Aber der Wochenmarkt bot nicht mehr die ersehnte Ablenkung. Wieder schlitterte Mariella ins Gedankenkarussell.

Jeromes Worte hallten in ihr nach. „Du bist hier nicht willkommen."

War das wahr? Wann war das geschehen? Wie hatte sie den Moment verpasst, in dem sie aus einer interessanten Fremden zur unerwünschten Störung wurde?

Sie spürte, wie sich etwas in ihr zusammenbraute. Eine Mischung aus Traurigkeit, Trotz – und einem leisen, tiefsitzenden Zweifel.

Bin ich wie William? Trage ich jetzt auch diese stille Schwere mit mir herum, die ihn nie verlässt?

Ein Teil in ihr wollte aufgeben. Die Einkaufstasche aus der Hand gleiten lassen, einfach loslaufen, zur Fähre, in die Ferne.

Aber ein anderer Teil fragte: Und wenn schon? Wen kümmert es, was andere sagen?

Sie spürte eine tiefe Verbundenheit zu William, sie wusste nur noch nicht, ob sie stark genug sein würde, diese ohne Rücksicht auf Verluste anzuerkennen.

**

Mariella fuhr mit dem Fahrrad schmalen Weg entlang und sehnte sich nach der Wärme des Hauses. Ihre Schuhe waren ebenso durchweicht, wie der Mantel und die Einkäufe hinten im Korb.

Der Regen hatte aufgehört, aber der Wind war geblieben. Er pfiff um das Cottage, zerrte an den Fensterläden, als wolle er prüfen, ob das Haus standhalten würde – oder sie.

Sie wischte den Gedanken weg. Natürlich würde sie diese Prüfung bestehen. Sie war gekommen, um zu bleiben! Der Wind und die Kälte sollten sich zum Teufel scheren. Sie konnte sich jetzt nicht darum kümmern.

Als sie ihr Fahrrad durch das Tor schob, merkte sie, dass das Licht im Wohnzimmer an war. Ein flackerndes, warmes Licht drang durch die Vorhänge wie eine Einladung.

Sie öffnete die Tür, hängte ihre nassen Sachen auf und trug die Einkäufe herein. Im Wohnzimmer blieb sie wie angewurzelt stehen.

„Jerome? Was zum …" Sie glaubte kaum, was sie da sah.

Jerome saß am großen Esstisch, völlig selbstverständlich, als würde er hier wohnen. In der Hand eine Tasse Kaffee, der Blick selbstsicher, kontrolliert, wie immer. „Da bist du ja", sagte er. „Ich hab auf dich gewartet."

„Wie kommst du hier rein?", fragte sie ungläubig.

„Die Tür war offen. Hier oben gibt es vermutlich nicht so viele Einbrecher wie daheim in Berlin, was?"

„Ich dachte, ich hätte mich vorhin klar ausgedrückt." Mariella setzte den Korb mit den Einkäufen kurz auf dem Tisch ab und hatte Mühe, die Situation einzuordnen. Das hier war selbst für Jeromes Verhältnisse sagenhaft unverschämt. „Du hättest nicht herkommen sollen", sagte sie so ruhig wie möglich, nahm dann den Korb und ging in Richtung Küche.

Jerome erhob sich, kam ihr nach. „Ich bin hier, weil du dich verlaufen hast. In einer Geschichte, die nicht deine ist. Was du brauchst, ist ein Ort, an dem du weißt, wer du bist. Und ich kann dir das geben."

„Ich weiß inzwischen sehr genau, wer ich bin", sagte sie.

„Wirklich?" Er trat näher, zu nah. „Dann sag mir, warum du noch hier bist. Bei einem Mann, der sich in Gedichte flüchtet, weil er mit der Wirklichkeit nicht klarkommt?"

„Da ist so mies!", sagte sie.

„Tut mir leid, Ella. Ich sage das doch nur, weil ich ..." Er stockte. „Komm mit mir zurück." Seine Stimme klang, als würde er sich selbst überreden. „Du gehörst nicht hierher. Du bist kein Landmensch. Kein Cottage-Mädchen. Du bist Berlin."

Mariella schüttelte nur stumm Kopf. Dann erblickte sie zwei Koffer neben dem Tisch. Der eine gehörte ihr, der andere musste Jeromes sein. Sie konnte kaum fassen, was sie da sah. Hatte der Kerl für sie gepackt? Sie fuhr zu Jerome herum. „Du arroganter Affe", zischte sie. „Was bildest du dir ein?"

„Ich will es dir nur so leicht wie möglich machen", sagte Jerome betont gelassen. „Ich liebe dich!"

Ein Geräusch ließ sie beide herumfahren.

William stand am Fuß der Treppe.

Seine Wangen waren gerötet, die Augen glänzten, verletzlich, voller Unverständnis und Wut. „Natürlich", sagte er trocken. „Was habe ich mir nur eingebildet? Großstadtmensch bleibt Großstadtmensch."

„William, bitte!", setzte Mariella an. „Ich war gerade dabei, diesen ..."

„Spar dir das!", unterbrach er sie. „Es ist schon gut. Ich hätte es wissen müssen. Du willst zurück zu dem, der dich besser kennt. Nicht wahr?"

„Es ist nicht so, wie du denkst!", rief Mariella. Sie trat einen Schritt auf William zu, doch er wich zurück, wie ein Tier, das gelernt hat, zu fliehen, bevor es gefangen wird.

„Ich hab keine Zeit für Heuchelei", sagte er leise. „Nicht mehr." Und dann drehte er sich um und stürmte die Treppe nach oben. Die Tür knallte hinter ihm zu, und Mariella stand da, atemlos, als hätte ihr jemand mit der Faust in den Bauch geschlagen.

Jerome sagte nichts. Und das war vielleicht das Ehrlichste, was er je getan hatte.

Mariella holte tief Luft.

Dann wandte sie sich langsam um, sah ihrem Exfreund direkt in die Augen. „Wenn du nicht sofort verschwindest, werde ich die Mistgabel von der Weide holen." Mariella war selbst erstaunt, wie eiskalt und brutal ihre Worte geklungen hatten. Und sie meinte sie todernst.

Das schien auch Jerome begriffen zu haben. Er verließ die Küche, nahm seinen Koffer und ging Richtung Tür. Er drehte sich noch einmal um und sah Mariella kopfschüttelnd an. „Vielleicht hast du dich wirklich mehr verändert, als ich es für möglich gehalten hab." Dann verschwand er durch die Tür.

Wie recht Jerome hatte! Sie war bereit, für die Liebe um zu kämpfen, mehr als jemals zu vor. Und diesmal würde sie nicht aufgeben, nur weil jemand schneller wegrannte, als sie „Ich liebe dich" sagen konnte.

33

Es roch nach Schiffsdiesel, Brackwasser und modrigen Tauen. Der Wind trug Fetzen von Stimmen mit sich, doch keine gehörte wirklich hierher. Der Lautsprecher hallte blechern vom Fährterminal herüber, die Ansage klang wie der Nachhall aus einer anderen Zeit.

Mariella stand zwischen zwei Betonpfeilern am Kai, das Gesicht blass, das Haar zerzaust vom Wetter.

In ihrem Geist ein Gedanke: „Wie bin ich hierhergekommen?"

Sie trug keine Tasche, keinen Mantel, nicht einmal Schuhe. Und doch fror sie nicht.

Der ganze Bereich um sie war leer, zu leer, als hätte der Wind die anderen Menschen fortgeweht.

Nur sie war hier – und dieses Gefühl, das alles zu viel war.

Eine Stimme erklang in ihrem Kopf wie ein vergiftetes Echo. „Gewisse Leute ... sollten dorthin zurück, wo sie hergekommen sind." Wessen Worte waren das? Sie klangen nach Patrick O'Leary, aber die Stimme passte zu Jerome. Dann rief die Stimme: „Komm mit mir! Du bist kein Landmensch."

Und William? Er fehlte. Auch er war verschwunden, abgetaucht in seinen Worten, irgendwo am Strand, vielleicht im Nebel. Die Gedichte riefen ihn, hatte er gesagt. Wann war das gewesen?

Womöglich war er auf der Flucht vor ihr. Oder sie vor ihm? Was tat sie hier? Sie presste die Stirn gegen die kalte Bordwand der Fähre.

Sie hatte geglaubt, sie könne ein neues Leben anfangen, aber die Vergangenheit klebte an ihr wie ein nasses T-Shirt.

„Ich kann das nicht. Ich bin nicht stark genug", hörte sie sich selbst flüstern. Ein leichter Nebel stieg auf vom Meer. Sie schloss die Augen und das Surren der Dieselmotoren verstummte.

Und als sie die Augen wieder öffnete, stand sie plötzlich nicht mehr im Terminal, sondern am Rand der Klippen.

Dort vorne unter ihr lag ein Meer, schwarz, wild, tobend.

Wo war sie?

Zögerlich drehte sie sich um.

Hinter ihr lag ein Kreis aus mächtigen Steinen – der Ring of Brodgar. Und in der Mitte stand Eleanor. Sie trug ein bodenlanges, weißes Kleid, das Haar gelöst, ihre Hände offen, als würde sie etwas empfangen.

„Ich will nicht wie Gavin sein", flüsterte Mariella.

Eleanor sah sie an. Ihre Augen waren dunkel, aber voll Güte. „Dann sei es nicht."

„Ich habe Angst."

„Das musst du nicht."

Mariella wollte näher treten, aber der Boden unter ihren Füßen war weich wie Morast, und jeder Schritt zog sie tiefer.

„Ich bin allein."

„Nein", sagte Eleanor. „Du bist der Schlüssel. Die Heilung."

Ein leises Grollen kam vom Meer her, und mit einem Mal veränderte sich die Landschaft. Die Steine verschwanden.

Und dort, wo Eleanor gestanden hatte, lag William. Mit blutverschmierter Stirn. Die Augen geschlossen. Wind zerrte an seinem Mantel, als wollte er ihn fortreißen.

„Nein!", schrie Mariella und rannte auf ihn zu, aber der Boden brach unter ihren Füßen weg. Alles verzog sich, wie in einem expressionistischen Gemälde, auf dem die Farbe zerlief.

Die Welt war ein Abgrund geworden, alles stürzte hinab in ein tobendes Meer aus eisigen Fluten.

Dann ein Ruck.

Mariella fuhr hoch. Ihr Körper war schweißnass, das Herz schlug wild. Sie wollte schreien, doch ihre Kehle war wie ausgetrocknet.

Aber sie war in Sicherheit – in ihrem Bett. Das Zimmer war dunkel, das Fenster ein blassblaues Rechteck aus Mondlicht, die dünnen Vorhänge schimmerten silbern.

Sie versuchte, das beklemmende Gefühl des Traums abzuschütteln und das Bild von William, blutend, zusammengebrochen – oder gar tot?

„Nein", flüsterte Mariella.

Irgendetwas war nicht in Ordnung. Etwas würde geschehen. Eleanor wusste das und wollte sie warnen.

Sie warf die Decke zurück, sprang auf. Ihre nackten Füße berührten das kalte Holz. Schnell schlüpfte sie in die Jeans, zog den Pulli über, rannte hinaus in den Flur und zu Williams Zimmer.

Sie fand es leer. Das Bett war ordentlich gemacht. Unberührt. Ihr Magen krampfte sich zusammen.

„William?", hauchte sie.

Nichts.

Sie stolperte die Treppe hinunter, jeder Tritt ein Donnerschlag in der Stille.

Unten im Wohnzimmer empfing sie kein Licht – nur der Geruch von Rauch.

Auf dem Tisch stand eine alte Tonschale. Darin: schwarz verkohltes Papier. Die Reste von Eleanors Briefen. Nur noch Fetzen, die sich krümmten und auflösten. Als hätte William versucht, die Worte auszulöschen, die Vergangenheit zu tilgen.

Neben der Schale lag ein einzelnes Blatt. Auch angesengt, aber lesbar.

Mariellas Hände zitterten, als sie es aufhob. Das Papier raschelte. Sie las:

„Ich dachte, du wärst das Licht, Mariella. Vielleicht warst du das auch. Aber manche Schatten tragen wir so tief in uns, dass sie das Licht verschlucken. Ich habe versucht, dir zu glauben. An uns zu glauben. Aber ich habe gesehen, was passiert, wenn man liebt: Man verliert. Meine Mutter hat das Meer gewählt. Ich will nichts wählen, ich werde mich ergeben. Ich will verschwinden, bevor ich dich ganz verliere. Vielleicht liebst du mich nicht mehr. Vielleicht ist das besser so. Aber wenn du das hier liest, weißt du: Ich habe dich geliebt."

Dann, als Nachsatz, ein unvollendeter Vers:

„Und wenn die See mich verschlingt, dann nur, weil du mich nicht mehr halten kannst."

Mariella sackte auf den Boden. Die Tränen kamen, erst langsam, dann hemmungslos. Sie weinte, die Schultern bebten, das Herz ein einziger Krampf.

Ich hätte es ihm sagen müssen. Früher. Deutlicher. Nicht zwischen zwei Zeilen, nicht hinter einem Blick versteckt.

Sie stand auf, wischte sich mit zitternden Händen das Gesicht. Die Angst machte den Körper leicht und gleichzeitig bleischwer.

Doch dies war nicht die Zeit, zu zaudern!

Sie sprang auf, rannte zur Tür hinaus. Der Wind schlug ihr entgegen, hart und kalt, aber sie spürte ihn kaum. Die Reifen ihres Fahrrads rutschten im Schotter, doch sie trat in die Pedale, jagte durch die Nacht, den Lenker fest umklammert.

Dunnwick schlief. Nur vereinzelte Fenster warfen Licht auf die Straße, spiegelnde Rechtecke wie leere Bilderrahmen.

Sie hämmerte an Doc Howls Tür.

Es dauerte keine zwei Minute. Er öffnete im Schlafanzug, die Brille schief, das Gesicht zerknittert.

„Er ist weg!", rief sie, die Stimme brüchig. „William! Ich glaube, er will sich etwas antun." Doc Howl nahm seine Jacke und die Autoschlüssel.

Linda war die Nächste. Sie stellte keine Fragen. Ein eindringlicher Blick – und sie wusste genug.

Sie teilten sich auf. Linda und Andrew fuhren zum alten Leuchtturm. Mariella und Doc Howl eilten zur Höhle an der Küste, in der Andrew kürzlich gefunden wurde. Die Taschenlampen schnitten helle Schneisen in die Dunkelheit, der Wind wurde stärker, das Wetter drohte zum Unwetter zu werden.

Mariellas Beklemmung aus dem Traum kam zurück, als sie und Howl weiter nach Westen fuhren. Dann blitzten Bilder in ihrem Geist auf. „Im Traum ...", flüsterte sie zunächst, bevor ihre Stimme allmählich lauter wurde und sie sich an Doc Howl wandte, der am Steuer seines alten Volvos saß. „Eleanor ... sie hat mir William am Ring of Brodgar gezeigt."

Howl nickte und wendete den Wagen. Er gab Gas und sie raste auf der schmalen Straße gen Süden.

Am Steinkreis angekommen herrschte eine unheimliche Stille. Nirgends fanden sie eine Spur von William. Nur Wind, der durch die Steine fuhr.

Mariella sah sich verzweifelt um. War das doch alles falscher Alarm? Machte sie Gott und die Welt verrückt? Nein, es stand Schlimmes bevor! Die letzte albtraumhafte Vision hatte nicht gelogen.

„William!", rief sie. Ihre Stimme verlor sich im Nichts.

Hier war niemand, nur uralte Steine, die mit der Dunkelheit verschmolzen.

Doc Howl legte ihr die Hand auf die Schulter. „Vielleicht ...", begann er. „... ist es besser, wenn wir zurückfahren."

Der Regen setzte ein. Erst fein, dann unbarmherzig.

Mariella schüttelte heftig den Kopf. „Wenn er nicht hier ist ..."

Mariella suchte die Schatten zwischen den großen Steinstelen ab, atmete schwer. Dann kam die Erinnerung.

Der Zeitungsausschnitt.

Patricia.

Der Grabstein auf dem Friedhof

Die Klippen.

Eine Zeile aus Williams Brief: „Meine Mutter hat das Meer gewählt."

„Ich fürchte, ich weiß jetzt, wo er ist", sagte sie.

Sie ließ Doc Howl stehen und rannte los.

„Moment! Was machst du denn, um Himmels willen?", hörte sie den Arzt ihr noch hinterherrufen, bevor seine Stimme von Regen und Wind verschluckt wurde.

Sie wusste, dass der Ort nicht weit von hier war und man ihn mit dem Auto sowieso nicht erreichen konnte.

Sie hoffte, nur, dass sie den Weg bei diesem Wetter und nur mit der kleinen Taschenlampe finden würde.

„William!", schrie sie immer wieder.

Dann war da der Pfad zu den Klippen, schmal, rutschig, voller Stolperfallen. Der Wind zerrte an ihr, peitschte ihr das Haar ins Gesicht.

„Halt durch!", feuerte sie sich an und flehte: „Bitte, William, sei da."

Dann endlich sah sie eine Silhouette. Ein grauer Hauch Hoffnung vor einem rabenschwarzen Himmel.

Dort stand er, viel zu nah am Rand.

Der Mantel flatterte.

Die Gestalt verharrte reglos, wartete darauf, dass der Sturm stark genug werden würde, um sie ins Meer zu werfen.

„William, nein!", schrie Mariella und merkte, wie ihre Stimme schrill und kratzig wurde. Ihre Lunge brannte vom Rennen.

William rührte sich immer noch nicht.

Sie hetzte weiter, mobilisierte die letzten Kräfte.

Der Regen war ihr egal. Die Kälte. Alles.

Hauptsache, sie bekam ihn zu fassen, bevor er sprang.

34

Mariella musste ihre Schritte verlangsamen. Die Erde unter ihren Füßen war weich, der Regen hatte den Boden in Schlamm verwandelt. Wenn sie nicht aufpasste, würde sie ins Schlittern geraten und sich und William in den Abgrund stürzen.

„William, bitte komm zurück," rief sie.

Endlich regte er sich, schüttelte den Kopf. „Du verstehst es nicht," sagte er, kaum hörbar bei dem Wind. „Alles, worauf mein Leben gebaut war, war eine Lüge."

Mariella machte einen Schritt. Dann noch einen.

„Nein," sagte sie leise. „Es war nie eine Lüge. Du trägst Liebe in dir. Eleanor hat dich geliebt. Ich ..." Ihre Stimme stockte. „Ich liebe dich auch."

William drehte sich um und sah sie an, als könnte er die Worte nicht fassen. „Ist es echt? Das mit uns? Es ist zu gut, um wahr zu sein!"

„Du Idiot!", schrie sie ihn an. „Ich Idiotin!", ergänzte sie. „Wir beide waren zu dumm und zu ängstlich, um es darauf ankommen zu lassen. Aber so soll das jetzt enden?"

William schossen die Tränen in die Augen. Der Regen spülte sie weg. „Aber ..."

„Nichts aber!", schnitt sie ihm das Wort ab. „Wenn du hier runterspringen willst, bitte, aber dann komme ich mit."

Nun schüttelte William heftig den Kopf, seine Knie wurden weich, er kam ins Wanken.

„Wehe!", schrie Mariella und machte einen Satz nach vorne. Doch im gleichen Augenblick kam der schlammige Untergrund ins Rutschen.

William sackte ab, verlor die Balance, seine Beine hingen bereits über die Klippe, verzweifelt tastete er mit den Armen, versuchte Halt zu finden, aber das niedrige Gras konnte keinen bieten.

Mariella warf sich flach auf den Boden, schnappte seine Hand, die prompt wieder herausglitt, so schmierig war sie von Erde und Regen. „Ich kann dich nicht halten!", rief sie verzweifelt.

Dann, plötzlich, ein Geräusch hinter ihnen. Schritte patschen über den schlammigen Boden.

Doc Howl kam angerannt, völlig außer Atem, bei ihm waren Linda und Andrew.

„Scheiße nochmal!", schrie Andrew und schnellte vor. Er packte William am Mantel und zog so heftig, er nur konnte, ohne selbst den Halt zu verlieren. Auch Linda und Howl packten an.

Gemeinsam hievten sie William über die Kante und sanken erschöpft nieder.

Einen quälend langen Augenblick sagte niemand etwas. Dann setzte sich Andrew auf und sah William direkt in die Augen. „Ich wollte mich ja noch bedanken, dass du mir das Leben gerettet hast, aber ich denke, jetzt sind wir quitt."

William lag immer noch zitternd am Boden, doch er nickte. „Danke", sagte keuchend.

Nun beugte sich Doc Howl über ihn, tastete nach

seinem Puls, prüfte die Atmung. „Junge, du kannst mir auf meine alten Tage nicht so einen Schrecken einjagen!"

William setzte sich nun auf, sein Blick eine Mischung aus aufrichtiger Dankbarkeit, Erleichterung und Unglaube.

Doc Howl stand auf und zog ihn auf die Füße. „William, was immer du gedacht hast, aber sieh dich bitte einmal um, wer alles wegen dir hier ist. Du bist nicht der Einzelgänger, der Außenseiter, der du immer dachtest. Du gehörst zu uns. Zu diesem Ort, zu dieser Gemeinde. Und du wirst gebraucht! Nicht zuletzt von dieser jungen Frau hier, die dich, wenn ich es vorhin richtig gehört habe, liebt!"

Nun wandte sich William Mariella zu, machte einen Schritt vor und nahm sie fest in die Arme.

Mariella hörte wie aus einer fernen Welt plötzlich Eleanors Stimme in ihrem Kopf. „Liebe ist das, was bleibt." Sie sah William an und las in seinen Augen, dass er es wohl auch gehört hatte.

Und so muss es gewesen sein, denn prompt sagte er: „Liebe ist das, was bleibt", wiederholte er. „Und ich bleibe ... wenn du bleibst!"

Mariella spürte die Tränen in ihren Augen. Dann küsste sie ihn. In diesem unwirklichen Moment am Rande der Welt, inmitten eines Sturms hatte sie tatsächlich die Liebe gefunden.

35

Mitten im dunklen Dezember brachte die Verlobungsfeier von Linda und Andrew Licht in die Herzen. Der kurze Tag neigte sich bereits wieder der Nacht zu, die Sonne war gerade dabei hinter den sanften Dünen zu verschwinden. Doch ein goldener Nachglanz hing noch in der Luft wie ein Segen.

In O'Learys Pub spannten sich Perlenketten aus Licht an der Decke entlang, die Tische bogen sich unter dem Buffet aus selbstgebackenem Kuchen und Brot, Salaten, frischem Lachs, Steaks und Rippchen, Süßspeisen. Dazu ging das gesamte Getränkesortiment aufs Haus – sogar der 30 Jahre alten Whisky, der sonst hinter Schloss und Riegel stand. Aber Patrick O'Leary war nicht mehr da, um es zu kontrollieren. Er war verschwunden, ohne ein Wort und hatte alles zurückgelassen, nachdem die volle Wahrheit im Dorf die Runde gemacht hatte. Vermutlich war es das Beste, wenn er ging und die Schatten mit sich nahm.

Und auch Jerome war für immer gegangen – vielleicht hatte er endlich begriffen, dass diese Insel niemals seine Bühne gewesen war und dass Mariella nicht für ihn bestimmt war.

Die Gäste lachten und prosteten sich zu, Kinder jagten sich kreischend zwischen Stühlen hindurch, es wurde gesungen, getanzt, gefeiert.

Mariella stand etwas abseits neben dem Kamin und hielt ein Glas in der Hand, das längst leer war. Aber sie hatte sich bisher nicht getraut, sich noch einen Whiskey einzugießen.

Sie sah zu, wie William mit Andrew lachte, ihre Köpfe nahe beieinander. Ihr kam es vor, als beobachte sie zwei kleine Jungs beim Spielen.

Das ganze Fest war die pure Harmonie, dachte sie heimlich. Und sie hatten es verdient, alle miteinander: William, Linda, Andrew – und vielleicht auch sie selbst?

Sie musste schmunzeln. „Immer noch die alte Zweiflerin, Mariella?", fragte sie sich selbst und musste sich eingestehen, dass es zumindest ein bisschen stimmte. Aber ihr Herz sagte ihr, dass sie auf dem besten Weg war, endlich frei zu sein und ihr Leben neu anzufangen.

Ganz plötzlich verstummte der Gesang, die Leute hörten auf, zu tanzen, und starrten zur Tür.

Mariella wandte sich um und folgte ihren Blicken.

In der Tür stand Doc Howl. Aber nicht nur er. Neben ihn trat Gavin.

Mariella hatte ihn nicht mehr gesehen, seit sie 15 war, doch es war zweifelsfrei ihr Vater. Das Gesicht gezeichnet vom Wetter und den Jahren. Haare und Bart mit grauen Strähnen. Doch die eisblauen Augen verrieten unumstößlich, dass er es war.

Mariella atmete langsam ein und wieder aus. Der Mund stand ihr halb offen. Sie wusste nicht, was sie sagen sollte. Und Gavin offenbar auch nicht, er stand nur da, zögernd.

„Was soll denn das?", meinte Doc Howl. „Ist das eine Feier oder eine Beerdigung?" Er lachte und schob Gavin in den Raum. „Man wird doch wohl den einen oder anderen alten Bekannten mitbringen dürfen?"

Nun löste sich die Spannung allmählich. Die älteren Gäste traten zu Gavin, schüttelten ihm die Hand, jemand brachte ihm ein Bier.

Gavins Züge schienen sich zu entspannen.

Derweil trat William zu Mariella und legte ihr den Arm um die Schulter. „Das ist ja nun der Letzte, den ich hier erwartet hätte."

Sie nickte. „Das ... ja, ich auch."

Doc Howl führte nun Gavin zu dem beiden.

„Mariella, ich ...", setzte Gavin an und brach wieder ab.

Sie trat vor, nahm ihren Vater in den Arm. „Es ist gut", sagte sie nur. „Alles ist gut."

Sie lösten sich wieder voneinander und Gavin wandte sich an William.

„William ... du bist nicht mein Blut, nicht mein Sohn. Aber du bist ein Teil meiner Familie. Eleanor hat das so gewollt und sie hatte recht damit. Ich war damals ein Feigling, nicht dazu zu stehen. Aber jetzt bin ich hier. Und ich weiß, dass es an der Zeit ist, sich auszusprechen. Und alte Wunden heilen zu lassen."

William sah ihn lange an, antwortete nicht. Dann nickte er und ein schwaches Lächeln zuckte um seine Lippen. „Ich war so lange so wütend", sagte er. „Nicht nur auf dich, Gavin. Auf alles."

Mariella spürte, wie ein erster Funken Vertrautheit zwischen ihnen glomm. Es war keine Vergebung in Worten, sondern in Blicken, in einem zaghaften Lächeln, in der Art, wie William schließlich zuließ, dass Gavin ihm eine Hand auf die Schulter legte.

Linda kam herüber, drückte Mariella ein neues Glas Whiskey in die Hand. „Es scheint, als würde das die Feier des Jahrhunderts, was?"

„Es ist schon merkwürdig ...", begann sie, dann schüttelte sie den Kopf und stürzte den Whiskey hinunter. „Scheiß drauf".

„Glückwunsch", sagte Linda freudig. „Jetzt gehörst du endgültig dazu."

Heather trat hinzu, ihre Augen glitzerten im Lichterkettenlicht.

„Du hast alles richtig gemacht", sagte sie. „Jetzt kann Eleanor Ruhe finden."

„Das habe ich nicht allein getan, und das wisst ihr. Ich danke euch allen", sagte sie. „Auch, dass ihr mich habt Wurzeln schlagen lassen. Ich weiß, dass es nicht einfach war, eine unbequeme Fremde zu akzeptieren. Aber ich bin gekommen, um zu bleiben."

Ihr Blick glitt zu William, der bei Gavin stand, das Glas in der Hand, das warme Licht auf seinem Gesicht.

Sie lächelte ihn an und fuhr fort: „Ich hoffe, dass ihr eines Tages nicht mehr sagt: ,Da ist die, die dazugekommen ist' – sondern einfach: ,Da ist Mariella. Eine von uns.'"

Das Lächeln der Menschen um sie herum sagte ihr, dass es so sein würde.

In Williams Augen leuchtete ein Versprechen.

„Apropos!", ergriff Linda das Wort. „Andrew und ich haben uns gefragt, wann wir wohl die nächste Verlobungsfeier planen dürfen. Oder wie wäre es gleich mit einer Doppelhochzeit? Wie bei Jane Austen." Linda lächelte breit.

William stieß ein Seufzen aus. „Nun, mach mal langsam. Diese ganze Geselligkeit nimmt ja schlimme Ausmaße an." Und dennoch lächelte er bei dem Gedanken.

„Darüber reden wir noch", sagte Mariella diplomatisch. „Alles zu seiner Zeit."

Sie saßen noch lange, tanzen, sangen, feierten bis spät in die Nacht und darüber hinaus, bis das neue Licht des Tages strahlend und schön über dem Meer aufging, die Schatten vertrieb und den Weg wies in eine unbekannte Zukunft.

***

Die Morgendämmerung legte sich wie ein gold-violetter Hauch über die Steine. Der Ring of Brodgar erhob sich gegen den Himmel, uralt, trotzig, voller Geheimnisse.

Es war der Tag nach der Wintersonnenwende. Von nun an würden die Nächte immer kürzer werden, die Tage immer heller und die Insel fröhlicher.

Mariella stand bei William und Gavin, mit Heather an ihrer Seite, Doc Howl verweilte etwas abseits, eine Pfeife zwischen den Zähnen. Linda und Andrew warteten schweigend Arm in Arm neben dem Arzt.

Sanft legte Mariella die Hand auf einen der Steine, spürte die raue Oberfläche, die Menschen vor tausenden von Jahren behauen hatten. Die Zeit hatte hier ihre Spuren hinterlassen und dennoch die Magie des Ortes gewahrt.

„Hier begann unser gemeinsamer Weg", murmelte William.

„Aber hier endet er nicht", sagte Mariella leise.

William öffnete die Schatulle, die die Asche von Eleanors Briefen enthielt. Kaum war der Deckel offen, fegte ein Windstoß hinein und zerstreute sie in alle Richtungen.

Mariella schloss die Augen. Und in diesem Moment spürte sie Eleanor. Nicht als Stimme. Nicht als Gestalt. Sondern als reine Wärme, die sich durch sie zog, wie Sonnenlicht, das durch geschlossene Lider drang.

„Danke", flüsterte sie in sich hinein. „Danke, dass du mich hierher geführt hast."

Als sie die Augen öffnete, legte William eine Hand an ihre Wange.

„Bleib immer bei mir", sagte er.

„Ich bin da", antwortete sie.

Und in diesem Augenblick wusste Mariella: Heimat war nicht der Ort, an dem man geboren wurde.

Es war der Ort, an dem man endlich aufhörte zu suchen.

***